他是阿伊(AFTER)。以防萬一說明一下……↑

Luna
Shirakawa
Luna
Shirakawa

cters

伊地知祐輔
關家柊吾
chara
山名笑琉
谷北朱璃
BEFORE

雖然我想一直當個高中生，
但也想早點見到
長大後的你呢。

位於戀愛光譜極端的我們

KEIKENZUMINAKIMITOKEIKENZERO NAOREGAOTSUKIAISURUHANASHI

5

長岡マキ子

插畫／magako

Kadokawa Fantastic Novels

CONTENTS

序章

「人家是不是想和龍斗做了呢？」

在原宿情人節約會的尾聲，月愛在拍貼機店裡對我投出這個衝擊性的問題後過了幾十秒。

我整個人完全凍住，內心陷入恐慌的狀態。

想做？做什麼？

那當然……是「上床」啊。

月愛的意思是……她可能想和我上床？

可是為什麼要問我？

就算問身為處男的我這種問題……也不知道該怎麼回答啊！

「……？」

月愛歪著腦袋，看起來就像在等待我的答案。

我們現在正在拍貼機的塑膠簾子後面。兩人之間大概只隔了三公分。

在這麼近的距離裡，月愛正露出奇蹟般可愛的表情仰望我。四周瀰漫著不知是花香還是果香的香氣……光是如此，就足以讓我失去冷靜了。

我的腦中無限重播著月愛剛才所說的話，心臟跳動的速度快得發痛。

在這種狀態下，根本沒辦法正常思考。

「……不、不知道耶……」

結果，我只能說出這句話。

「…………」

月愛露出有點失落的表情。

「……這樣啊……」

她移開視線，低聲說著。

從A車站送月愛回到白河家的過程中，我們一路上都沉默不語。

設置在住宅區狹窄道路各處的路燈光芒，將柏油路面照得微微發白。

剛開始交往時，我會讓月愛在晚上六點時回家，不過最近都會拖到八點。而今天也稍微超時了。由於白河家沒有門禁時間，這不過是我私自設下的時限。

「…………」

如果是平時，當我們聊完一個話題，月愛也會立刻再開新的話題。

當我思索著月愛現在正在想什麼，轉頭望向身旁時，就看到她露出沉思的表情，視線落在自己的腳上。

明明可以像平時那樣感受到牽著她的手傳來的溫暖，卻感覺無法接觸到她的心。這讓我內心十分焦急難耐。

「……月愛？」

我不禁出聲喊了她的名字。月愛則是露出吃驚的表情看著我。

「嗯？什麼事？」

「呃，這個嘛……」

我也不是真的有話要說，所以顯得有點狼狽。

「沒有啦，那個……只是在猜妳正在想什麼。」

「嗯……」

月愛緩緩地搖了搖頭，一副欲言又止的樣子。

「就是剛才說的那件事的後續。」

「咦？」

「在拍貼店的……」

拍貼店……在拍貼機店說過的事……

——人家是不是想和龍斗做了呢？

「這、這樣啊……」

那件事的後續指的是……想到這裡，我就慌張得臉頰發燙，幸好現在的天色很暗。

「呃，什、什麼意思？」

月愛露出不知所措的表情，對一臉狼狽的我開口說道：

「雖然人家的確還搞不清楚自己的想法，但是也不知道龍斗的想法呢。」

「咦？」

「人家在懷疑，龍斗是不是真的想和人家做……」

如此說著的月愛臉上似乎籠罩著一層寂寞，這讓我為之著急。

「咦……我、我想做啊。」

我覺得老實說會比較好，但又認為若是表達得太過直接會很噁心。結果陳述時的情緒變得不上不下。

「龍斗是有說過啦。在剛才的咖啡廳也是。」

剛才的咖啡廳……是指她大聲討論我喜歡看什麼成人片的那間巧克力店吧。

「可是，人家……曾經被拒絕過呢。」

「咦？」

「就是在剛開始交往的那天……龍斗說『今天不做』。」

「呃，沒有啦，那是……」

看到月愛有些鬧脾氣的表情，我連忙開口解釋：

「畢竟我們當時才剛開始交往，與其說拒絕不如說想珍惜雙方的關係……」

「人家知道啦。其實人家當時也覺得『啊，原來開始交往後也可以不用立刻上床』，稍微鬆了口氣。」

月愛說到這裡低下頭。

「可是，人家現在變得很喜歡龍斗……最近想像和龍斗上床的畫面時……人家就會懷疑『龍斗真的想和人家做嗎？』開始感到不安。畢竟如果龍斗沒有那個意思，只有人家煩惱想不想做也沒有意義吧？」

我們剛好在這個時候抵達白河家門口，停下腳步。

月愛仍然繼續說下去。

「龍斗為人很認真，獨處的時候也不會聊色色的話題。搞不好你覺得只要兩個人的心連在一起，那種事做不做都不重要，沒有也無所謂……」

「咦……？不、不對，那個……！」

我是個男人，腦中其實經常想些色色的事。所以言談中都是以「男人當然都想上床」的思考模式為出發點。因此「我會等到月愛想做的那個時候再說」的說法，是用來委婉表示「其實我可是隨時都想做喔！」這句話。之所以不聊色情方面的話題，也是為了體諒容易屈就男朋友的月愛，不想讓她感到壓力。

沒想到那樣的用心卻在這個時候造成了反效果。

在月愛的心中，我搞不好變成了性慾能量槽empty的仙人系男子。現在回想起來，月愛今天之所以不停地用色情方面的話題試探我，可能就是因為這樣吧。

「……我、我當然想做喔。」

為了解開她的誤會，就算很丟臉也得這麼說。

「那種說法好像在迎合人家耶？感覺是如果人家有那個意思，你也可以配合的感覺？」

「不對，不是那樣的……！」

也許月愛就是因為自己過去會配合前男友而和對方上床，才因此有那樣的想法。

「該不會因為人家是辣妹，所以就算你把人家當成女友喜歡，卻不會感到興奮？果然還是海愛那種清純型的女生比較對你的胃口……」

「不、不是啦。話說到底，我根本不會對自己興奮不起來的女生告白嘛。」

我的想法一直沒辦法傳達給月愛，心急之下打斷了她的話。

「……我可是比月愛想像中還要色喔。」

雖然不知道為什麼自己得在晚上的路邊，在女朋友家門前強烈主張這種事情，但我繼續對仍然帶著不安表情的月愛努力表白。

「我平時就有在看色情漫畫和成人片。沒有和妳在一起的時候，也總是想像著什麼時候可以和月愛做。老實說，我到現在已經想著月愛用了大概五百次……啊，沒事。」

自己差點就趁亂說出ＤＩＹ的具體情況，連忙踩了煞車。

原本還希望她聽過就算了，然而月愛卻在這時換上訝異的表情。

「咦？五百次……那是什麼數字？」

「呃，啊，沒有啦就是——」

「啊……！難道……！」

月愛似乎察覺到什麼，整張臉瞬間變得紅通通，嘴巴一張一合說不出話來。

「咦，等一下。從我們開始交往大概八個月左右吧。用一個月三十天來算，八乘上三等於二十四，兩百四十就是……一天兩次以上？」

「不是，咦？那個……？」

我也不是經過精確計算過後才說出口的，拜託不要算得那麼細啦。話說回來，月愛同學明明不擅長數學，怎麼在這種時候腦袋轉得那麼快啊？

「原來你……拿我用過那麼多次呀……？」
月愛的臉變得越來越紅，連在這麼暗的地方也看得出來。以前從來沒見過這樣的她。
「……呃……嗯……」
她的樣子害我也跟著害羞起來。但因為那些話是自己說出口的，實在無法否定……
自己到底說了什麼啊……
「所以我……隨時都想和月愛做喔。」
我彷彿自暴自棄般再補上了這麼一句。
臉蛋變得更加殷紅的月愛筆直地注視著我這張滾燙的臉。
「不會吧……咦，好害羞……唔！」
當月愛低聲說出彷彿不小心洩漏的心聲之後。
「嗚哇啊啊啊，真的不行啦～～！」
她突然大喊一聲，隨即三步併作兩步衝進了自己家裡。

第一章

「關家同學，你聽我說啊……」

那週放學後到補習班時，我上氣不接下氣地對在那裡遇到的關家同學如此說道。

「這次又怎麼了？黑瀨同學的事不是已經解決了嗎？」

我們如同往常那樣，在補習班頂樓的休息室圍著桌子坐下。這時是還有陽光照進室內，放學後的學生逐漸聚集的時間。不過我已確認黑瀨同學還沒出現。

「我對女朋友說『想和妳上床』，結果對方說『真的不行』就逃走了……」

「哦。」

關家同學看著擺出碇源堂的姿勢如此傾訴的我，冷冷地回答。

「高二生真好啊，還有時間煩惱那種事。」

照那個樣子來看，他大概依舊沒有考上學校。

「既然你的女朋友說『真的不行』，那就絕對不行囉。放棄她分手吧。」

聽到關家同學那種隨便的答案，我連忙開口：

「沒、沒有啦，那句話也不是要拒絕我的意思……」

「那是什麼意思？」

「感覺她的不行是因為太害羞。」

「哦。」

「所以才會逃走吧。」

「啥～？」

「……我們到底什麼時候才能上床呢？」

我又擺回碇源堂的姿勢，嘆了口氣。

「我怎麼會知道啦～～」

那個漠不關心到極點的語氣讓我往前一看，就看到關家同學整個人靠在椅背上盯著天花板。察覺我抬起頭之後，他站了起來。

「真的不行。受不了你這傢伙。實在有夠煩。拜託快滾吧。」

「有那麼嚴重？」

「因為你不是講出答案了嗎？你女友說的『真的不行』是因為『太害羞』吧？既然這樣，那就只能等到她不會害羞再說，或是用不會讓她害羞的方法啦。」

「要、要怎麼做？」

「我怎麼知道～～現在根本沒空想那些事啦。」

從語氣聽起來，他似乎真的很不耐煩了。儘管平時說話就很粗魯，我覺得這可能是因為他在考試戰場上的狀況非常不妙。還以為他應該考上了一、兩間備胎學校，只是沒說而已。然而看來真的哪間學校都沒考上。這也就代表關家同學沒機會與女友山名同學聯絡。而我卻在這種時候找他聊這種話題。雖然現在反省已經太晚了，還是對他很不好意思。

「說起來啊，你們交往超過半年？還是快一年了？不知道實際是怎樣啦，但我很難相信可以過了那麼久都沒有上床。」

關家同學似乎稍微恢復了冷靜，以平穩的語氣說著。

「就算不是為了上床而交往，你和女朋友在一起時不會想出手嗎？」

「……那、那倒是會啦……」

「我知道啦。比起『上床』，你更重視其他地方吧。但是我沒辦法理解那種想法，無法給你什麼建議。」

這時，關家同學平靜地注視著沒辦法再說什麼的我。

「不過，既然你都能忍耐到這個地步，那就不必那麼著急吧。」

「咦？」

「你想和女朋友結婚吧？反正夫妻相處久了，遲早都會不再想做愛啦。」

「…………」

冒出那個刺激強烈的詞彙聽得我面紅耳赤。而關家同學卻是一派輕鬆地繼續說著。

「像我家的父母就很糟糕喔。他們完全是只有表面關係的夫妻。從我有記憶的時候開始一直是那樣。老爸從以前就很喜歡拈花惹草，母親早已受夠他了。但是她又不想放棄『開業醫生的妻子』這個頭銜，所以也沒有離婚的打算。」

這時關家同學突然開始爆起自己家的料，我的表情不禁僵住了。關家同學看也不看我一眼，逕自說下去。

「幾個月前，老爸對醫院的櫃檯小姐出手的事曝光，然後那個女生就被解僱了。老爸也真是個笨蛋呢。太太和行政人員的大嬸關係那麼好，在醫院裡找情婦一定會被發現嘛。而且他之前還和護士搞上呢。」

「這、這樣啊……」

直到這時，我才終於能勉強附和他。

感覺聽到一段很驚人的故事啊。月愛家也是，經歷過外遇的已婚人士也許意外地多呢。我的父母雖然沒有到非常恩愛的地步，但在這方面（就我所知）一直都沒有問題。所以聽到身邊的人閒話家常似的聊起那種連續劇般的經歷時，不免會感到心跳加速。

「我從小就在想。即使自己很尊敬身為醫師的老爸……但是『我不想要變成老爸那樣的男人』。」

看著望向遠方喃喃開口的關家同學，我突然想到一件事。

關家同學在高中出道後突然變得很有女人緣時，以「不想腳踏兩條船」的奇怪理由拒絕了山名同學。從我的角度來看，會認為「你只要別外遇不就好了……？」。不過關家同學那種獨特的潔癖思考方式，或許就是起因於對他父親的感情吧。

「我們剛剛在聊什麼？算了，反正你每次都是在放閃炫耀吧。真的是炸死算了。」

儘管他說話很難聽，還是會給出算是建議的回答。看來果然是個心地善良的人。

「哦，對不起。」

我輕描淡寫地說著，想要一掃越來越沉重的氣氛。關家同學則是露出不悅的表情。

「你沒在反省吧？」

「有反省啦，不過以後可能還會再犯……」

「那就叫沒有反省啦。」

「我學到了。」

「你在玩我啊？」

看到關家同學笑出來，我也鬆了口氣。

但願春天趕快到來，讓他能將這副笑容展現給山名同學。

我情不自禁地如此盼望。

◇

不過我也不能一味地祈求他人的幸福。

二月結束時，老師在回家前的班會上發下了出路調查表。

「就像我之前說的。三年級的分班會以這次的調查表作為根據。請大家認真看待，不要亂寫。」

導師的這番話讓班上同學們紛紛出現「真的假的啊～」或「太早了吧～」之類的反應。

我將眼神移到手中的調查表。在「升學」與「就業」的欄位底下，各自有著可以填上第一到第三志願的欄位。

「…………」

如果我填了「法應大學」，會被當成亂寫嗎？

就在我心跳加速地如此思考的時候——

「欸～露娜的志願是什麼？」

月愛座位前的嗨咖女生回過頭詢問月愛。

「嗯～人家還沒決定耶～」

月愛偏頭如此回答。

「…………」

雖然我們都朝著前方，朝著高處踏出各自的道路。

但是這段成為理想的自己的路，看來仍十分崎嶇呢。

◇

為了對付從明天開始的期末考試。那週的星期日，我和月愛在A車站的速食店開了場讀書會。

「…………」

我偷看了一眼坐在對面位子上跟課本大眼瞪小眼的月愛，再把視線移回筆記本上。

關家同學那句「放閃炫耀」的評斷一點也沒錯，我其實並沒那麼認真地看待月愛的「真的不行」那句話。我認為那是因為她在心裡仔細思考了和我上床的事，結果就害羞過度了。

實際上八成就是如此。

不過……

「……有什麼地方不懂嗎？」

當我問了問眼前的她時，月愛看了我一眼。

「咦？」

隨後她立刻撇開視線，臉頰染上紅暈。

「也、也不是……有、問題啦。」

「沒有嗎？」

「可、可是，經你這樣一說，到處都是看不懂的地方……」

「如果有我會的地方，就一個個教妳吧。在哪裡？」

「咦，不、不用啦……龍斗不是也在念書嗎，這樣太不好意思了！」

月愛慌亂地紅著臉，眼神四處亂飄。

「可是我們難得一起念書嘛。哪個問題不會？」

我從座位站起身，走到月愛旁邊的位子坐下。月愛的手肘和我的手肘剛好就在這時隔著制服稍微碰在一起。

「噫！」

月愛立刻就像被電到似的連人帶手整個往後縮，紅著臉望向我。她的表情宛如初生小鹿般充滿了不安，雙眼看起來有些濕潤。

「你這樣突然靠過來……嚇人家一跳耶。」

「抱、抱歉……」

我下意識地向她道歉，稍微坐遠了一點。

那天……自從月愛丟下「真的不行」那句話逃回家之後，她就一直都是這樣。當我想牽手的時候，她就會「噫！」地驚叫一聲，害羞地躲開。而且光是靠過去，她便滿臉通紅，露出忸忸怩怩的樣子。連正眼都不敢瞧我。

考慮到她現在比過去更加意識到我是個「男人」，感覺這樣也不錯。然而我實在不知道該怎麼處理這種狀況，老實說有點讓人頭痛。

在這種狀態下，沒辦法像平時那樣邀她到我的房間一對一念書。於是我們來到很久沒來的這家店。

月愛像是為了要掩飾尷尬似的朝桌子伸出手，把剛才她說「吃完漢堡就飽了」而留下的蘋果派從盒子裡拿出來，並開始品嚐。

「……雖然蘋果派也很好吃。」

她咀嚼了幾口後，輕聲說著：

「不過龍斗的媽媽每次端出的蛋糕更好吃呢。」

「哦，妳是說『Champ de Fleurs』那家的蛋糕呀。」

當月愛來我家念書時，我的母親經常會買附近法式糕點店的蛋糕招待她。

「住我們那附近的人接待客人時，大概都會買那家店的蛋糕喔。那是在法國修業的甜點師開的店，還曾經在全國播出的電視節目上被介紹過，可以拿來炫耀呢。」

「太厲害了。就是去龍斗家的時候會經過的蛋糕店吧？那家店看起來很漂亮呢。」

「對對。她還說如果月愛下次要過來，會鼓起幹勁好好表現一番……」

「………」

糟糕了。這樣聽起來就像在催促她「要不要來我家念書？」嘛。

果不其然，月愛聞言紅著臉低下頭。我們好不容易打開話匣子，這下全搞砸了。

我一邊在內心嘆著氣，一邊把視線移回課本上。

不過話說回來，這種狀態……到底得持續到什麼時候啊？

——你女友說的「真的不行」是因為「太害羞」吧？既然這樣，那就只能等到她不會害羞再說，或是用不會讓她害羞的方法啦。

關家同學的建議不斷徘徊在我腦海中。

讓月愛不會再害羞……

我也想那麼做啊。雖然想……可是到底又該怎麼做才好呢？

這和寫在眼前課本上的英文文法問題不同，沒有任何標準答案。對我來說那種問題還比較困難。

我感到有點喘不過氣，便抬起頭。

放眼望去，二月底星期天下午的速食店裡幾乎坐滿了人。每張桌子旁都坐了不只一人，連吧檯前也幾乎都是正在準備考試的學生或使用筆電的人。仔細一聽，還能在有點喧鬧的店裡微微聽到似乎是外國流行樂的背景音樂。

當我稍微低下頭，旁邊月愛裙子底下的白皙大腿就映入眼簾。

「…………」

現在回想起來，我們交往之後很快就遇到期末考。第一次來到這間店裡，兩個人一起準備考試的時候，我也是緊張得念不下書。和憧憬的「白河同學」以男女朋友的身分並肩坐在一起……光是這樣就讓胸口撲通撲通跳個不停，內心也因為她的氣味而陷入慌亂，好想一直注視她那美麗的臉龐……整個人興奮得無法自拔。

仔細想想，當時的我似乎很像現在的月愛。會因為對方靠近而慌張，滿臉漲紅，動作變得很可笑……

明明想要接近對方，自己卻非常緊張。

「…………」

既然如此，現在的我該做的，不就是當時的月愛對我採取的行動嗎？

月愛總是充滿活力，開朗活潑。無論我的手忙腳亂反應有多麼噁心，她都不會介意，反而積極地與我交流。

——有機可趁！

在公園的小船上，她這麼說著，給了我第一次的吻。

我滿腦子想著雙方的肢體接觸而動作僵硬，多虧那個動作化解了內心的緊張。

「…………」

不行，無論如何也沒辦法在這種地方親她。我天生就沒有那種開放的個性。

但一定就是那類的行動。

不能猶豫不決，必須主動、積極地與她交流……而且是用我自己的作法。

畢竟那時的我其實也很想接近月愛。卻因為不善於面對女孩子與缺乏自信，沒辦法自然地做出符合男朋友身分的舉動。

雖然仍舊搞不清楚現在的月愛為什麼會變成這樣。既然原因是「害羞」，那應該代表她並沒有討厭我。

既然如此，這麼做大概沒有錯。

「還是讓我來教妳吧。」

我再次挪動位置稍微拉近距離，讓月愛又緊張了一下。

「咦，不、不用啦……！」

「我想教妳嘛。是這個問題嗎？」

我指著月愛視線前方的問題，她則是紅著臉頰點點頭。

「我看看，是填空題啊……」

如果他沒有考不及格，她就會更加幸福了。

（）he（）（）failed the test, she（）（）（）happier.

「既然有『如果』這個詞，妳知道第一個空格該填什麼吧？」

「嗯～『if』？」

「沒錯沒錯。所以回想一下在假設法的範圍裡學過的東西……」

當我正在說明時，月愛突然皺起眉頭，深深低下頭。

「……月愛？」

聽到我的聲音，她望向我。

「啊……人家有在聽，繼續說。」

「嗯、嗯……然後這段句子裡的『他』，其實已經『考不及格』了吧？」

「……嗯……」

「所以這是與過去事實相反的假設句，也就是過去完成式……」

月愛的樣子真的很奇怪，因此我停止了說明。

就在這時，月愛抬起頭望向我。

「龍斗。」

「嗯？」

「關家同學已經考上了嗎？你有聽說嗎？」

「咦？」

由於沒料到會被問那樣的問題，於是愣了一下。

「不……我還沒聽他說過。」

月愛似乎皺起了眉頭，匆匆說下去。

「可、可是他每天都那麼努力用功，人家覺得他一定考上哪間學校了喔。」

接著，月愛的表情開朗起來。

「對不對！」

「嗯、嗯。」

「……看到這個問題時，人家就會想起妮可，感覺不太安心。」

看到表情有點沉重，喃喃說著的月愛，我的胸中湧出一股暖意。

「月愛很為朋友著想呢。」

這句話讓月愛看了我一眼，隨即又移開視線。

我則是直直地注視著她……想要說點什麼。

剛才已經決定好了。即使月愛感到害羞，也要積極與她溝通。

「……妳那種個性……我也……很、喜歡、喔。」

雖然不夠流暢，還是勉強說出口了。

我鬆了口氣，再次望向月愛，就看到她帶著一張紅通通的臉注視著我。

「……！」

但是她又撇開眼睛，忸忸怩怩地低下頭。

看來這樣做沒有用啊……當我這麼想的時候，月愛仍然紅著臉不斷偷看我。

她的表情看起來沒有剛才那麼緊張，臉上泛著喜色。

「……那個喔，龍斗？」

月愛看起來有點害羞，但還是開心地開口。

「嗯？」

「考完試要不要去逛街買東西？」

月愛已經很久沒有像這樣好好地看著我說話了。這讓我開心地猛點頭……同時在腦中攤開了月曆。

「嗯……妳是說在校外教學前嗎？」

星期五考完期末考後會放假，直到下週的星期四之前都不用去學校。星期五會有一天的結業式兼考試成績發表日，之後就正式進入春假。

而我們二年級在隔週的星期一開始校外教學。雖然這是前一年的學生就遵循的時間表，我已經有心理準備，但不免還是覺得難得的春假就這麼被浪費掉了。

「對對，考完試後就去。星期天如何～？」

「唔。」

如果是那樣……正當我打算點頭的時候，月愛急著先開口：

「然後呢，小朱也想一起去，可以嗎？」

「咦？是、是可以啦……為什麼？」

這個意料之外的名字讓我瞬間愣住，不知道該說些什麼。

「原本其實是小朱邀人家去逛街買東西。小朱以後想當服裝造型師，打算去服飾相關的專門學校。但是她穿的是P尺碼，很難買衣服，所以最近對未來有點茫然。」

「P尺碼？」

「就是小尺寸的意思。S尺碼是纖瘦體型，但衣服長度還是一般的程度吧？對於身高不高的人來說，S仍然太大了。」

「是、是這樣啊……」

「所以她說要讓屬於平均身高的我來試穿衣服，透過感受搭配服裝的樂趣重新確認自己的夢想。」

「我明白妳的意思，不過月愛和谷北同學一起去不就好了？我或許可以幫忙提東西，但是如果我在場……」

只會打擾女孩子聊天吧……況且和谷北同學在一起，老實說會很尷尬……正當我這麼想的時候，卻看到月愛神祕兮兮地望來望去。不知道在確認什麼東西，只見她露出暫且安心的表情，壓低聲音偷偷說：

「那個喔，其實人家想請龍斗……邀伊地知同學一起來。」

「邀阿伊？」

又聽到一個出乎意料的名字，讓我睜大了眼睛。

「那就叫……雙重約會嗎？是谷北同學要妳邀的？」

「怎麼可能嘛！人家想給小朱一個驚喜。那個孩子明明很喜歡伊地知同學，卻因為拒絕過一次對方而沒辦法對當事者表達心意。人家在想，只要在這個時候讓他們拉近距離，校外教學時兩人的關係也許就會變好喔。」

「嗯……」

我沉吟了一下。以谷北同學的那個樣子，她真的有辦法和目前腦中只剩下ＫＥＮ的阿伊順利交往嗎？

雖然心中充滿不安，但就像剛才對她本人說的，我喜歡月愛為朋友著想的性格，所以有能提供幫助的地方，自己都會義不容辭。

「……好，我邀邀看。」

當我一點頭，月愛臉上的喜色變得更濃。

「太好了～！」

她微舉雙手，像要遠離我般猛然起身向後一跳。

「謝謝你，龍斗……呃，哇哇！」

啪沙——有個東西掉到地上，月愛焦急地把它撿起來。

掉到地上的是我的書包。因為這是兩個人坐的座位，我的東西放在椅子上，結果就被月愛剛才的動作撞掉了。

「抱歉……這個洞應該是剛剛破的吧？」

月愛看著手上的書包，將底部拿給我看。

我的書包是布背包，材料好像叫帆布，是一種還算堅固的材料。但是底部的角落經常被課本的邊角撞到，有個地方完全破掉了。

「啊，沒有啦。那個洞過年時就那樣了。」

我搔搔頭，如此回答：

「我只有這個正式的包包。因為在寒假時每天都放著好幾本補習班的課本，重量太重把書包弄壞了。最近打算買個更好一點的……」

對於不在意打扮的人而言，「購買服飾用品」是一種讓人提不起勁又麻煩的活動。所以會一直說服自己東西還有不必買，可以之後再說。最後就造成這樣的後果。我感覺被女朋友看到有破洞的書包是很丟臉的事，擔心會不會讓她反感。這樣的焦急讓我支支吾吾地無法好好解釋。

「嗯……」

月愛露出思索的表情，輕哼一聲。

「抱歉，這樣很土吧。」

月愛對我的自嘲搖了搖頭。

「一點也不喔。那代表你很努力，帶了很多讀書用的東西吧？」

「唔、嗯，算是啦……」

雖然不知道自己有沒有把書讀進腦袋裡，但可以確定的是我帶著沉重的課本往返家裡與補習班之間。

「……人家也得稍微向龍斗看齊呢。」

月愛露出微笑這麼說著。與剛才相比，她的表情已經輕鬆許多。儘管未必是因為我的努力奏效，仍然覺得還是有一點一點地往前進。

◇

然後，就在期末考結束隔兩天的星期日，我和阿伊來到了澀谷的街上。

「你果然變了，阿加……澀谷這種地方只有現充會來吧。為什麼我們兩個大男人得鑽過這麼擠的人群去吃飯啊？」

驗票閘門的擁擠人群讓阿伊皺起眉頭，不滿地抱怨著。

若是一開始就告知阿伊陪谷北同學與月愛逛街購物的事，害他嚇得打退堂鼓，我可就傷腦筋了。所以我就以找到一間便宜好吃的店當藉口，邀他吃午餐。結果他回「那就找阿仁一起去吧」。於是我告訴他阿仁以缺錢的理由拒絕，要我們兩個人自己去。為了以防萬一，我也對阿仁本人告知此事，請他配合我的說詞。

「嗯，那個……總之阿伊，謝謝你過來。抱歉了……」

雖然等一下就會揭露真相，我姑且還是先道了歉。

先不提那些。

從剛才開始就有件事讓我無論如何都難以忽視。

「……話說回來，你那副模樣到底是……？」

阿伊的服裝實在太誇張，讓我見到他的瞬間不禁懷疑起自己的眼睛。

鬆垮垮的T恤配上起一堆毛球的灰色運動褲，再加上穿爛的運動鞋。那是連去附近超商都算「勉強及格」的家居打扮。

儘管我不熟悉流行時尚，然而再怎麼樣也沒有勇氣把家裡穿的運動服穿來澀谷。

阿伊平時就是個與流行時尚沒什麼關係的人。但沒想到他竟然就在與夢想成為服裝造型師的超時髦女子——谷北同學的雙重約會之中，穿了套連身為男性的我都會退避三舍的邋遢打扮。

「什麼怎麼回事，阿加才有問題吧。突然變打扮專家了？這就是我平時穿的T恤啊？」

大概是因為肚子餓了，阿伊有點生氣。

沒有錯，經他這麼一說，那個看起來很隨便的「DO YOUR BEST」英文標語和有著奇怪卡通角色的黑色T恤確實很眼熟。可是我記得那件衣服以前應該更緊繃才對……想到這裡，我突然驚覺一點。

那件T恤之所以看起來鬆垮垮的，大概是因為尺寸不合的緣故。由於阿伊暴瘦許多，那件可能在XL以上的T恤對現在的他而言太大了。

「那……那麼褲子呢？那完全就是居家服吧……？」

「哎呀～因為突然瘦很多，現在能穿的褲子就只剩運動褲。這件褲子有鬆緊帶，我還打了個結，所以就算再鬆都不會掉喔。」

「啊……」

原來是這麼回事啊。就算瘦下來樣子變了，本人若是對外表不在意就會變成這副德性。

「可是喔，阿加──」

「嗯？」

「人只要瘦下來就會感覺有點冷呢。」

現在是三月。氣象預報說今天相對比較暖和，就算如此，路上幾乎沒有人穿短袖。在這種氣溫之下，我也在連帽衣上套了一件牛仔外套。

「以前就算是冬天很冷的時候，我也只在T恤外面穿件外套，所以沒有長袖的衣服。」

「那就買些新衣服啦，阿伊……」

不知道谷北同學看到這樣的阿伊會不會失望……但若是她因為如此而對阿伊感到幻滅並

阿伊一看到她就露出彷彿撞見幽靈的表情。只見他嘴巴一張一合，吃驚地發不出聲音。

另一方面，谷北同學看到阿伊的邋遢打扮，也訝異地說不出話來。

「…………」

「抱歉，伊地知同學。人家想和小朱還有龍斗一起去買東西。但三個人在人數上不夠平衡吧？所以打算邀伊地知同學一起來……算是個驚喜？」

不知道月愛那種像在為自己辯解的話語有沒有傳到臉色蒼白的阿伊耳裡。

「反正我們的校外教學也一起吧？應該會玩得很開心喔！」

月愛開朗的聲音只能空虛地消失在澀谷的人山人海中。

◇

如此一來就全員到齊了。然而若是直接去買東西，那就對被我以吃午餐為理由叫來的阿伊太不好意思，所以我們來到位於中央街的吃到飽披薩店。

「…………」

在有著磚瓦圖案與以紅色襯托的義大利風格（大概是）裝潢的店裡，我們在窗邊的四人座坐下，各自默默地吃著從櫃檯拿來的披薩。

根據月愛的說法，這裡六日人都很多。不過雖然這是一家價格便宜食物好吃的吃到飽餐廳，因為距離午餐時間還嫌有點早，所以店裡仍然看得到空位。

店裡的年輕人小團體很多，到處都是人們的談笑聲。在這種情況下，我們的樣子看起來有點異常。

月愛與谷北同學並肩坐在背對窗戶的沙發上，對面則是我和阿伊。

谷北同學兩手拿著披薩，忘我地大快朵頤。偶爾她還會偷看一下阿伊，然後紅著臉小口啃食披薩。那個樣子很像小動物，非常可愛。

雖然我擔心她對阿伊那種邋遢打扮會有什麼反應，不過按照這種情況來看，她的心意似乎沒有受到任何影響。

至於阿伊還是那副模樣，僵硬地縮著下巴，盯著盤子上的披薩專心用餐。

喂，這該怎麼辦啊……

接下來真的會有進展嗎？

我一邊在心中吐槽，一邊望向身旁，就看到月愛也是一臉僵硬地咀嚼披薩。

「……谷北同學以前有交過男朋友嗎？」

我趁著月愛再去櫃檯拿披薩的時候，也端著盤子離開座位，順便在排隊拿披薩時這麼問她。結果月愛微微地搖了搖頭。

「哎～不知道。小朱不喜歡聊那種話題。所以人家本來以為她大概對與身邊的男生交往沒什麼興趣。」

也就是說她八成沒經驗啊。阿伊當然也毫無經驗，要期待哪邊主動出擊可能太困難了。

感覺今天會過得很累……

跟今天相比，與山名同學和關家同學的雙重約會簡直開心一百倍……唉，先不管兩人在約會結束時發生了那種事……才剛開始沒多久，我就想逃避現實了。

勉強撐過午餐之後，我們總算上街開始購物。

月愛和谷北同學毫不猶豫地穿過熙來攘往的擁擠人群，進入圓柱型的塔狀建築。大樓頂端寫著「１０９」，是澀谷的時尚地標。即使是對時尚生疏的我也知道這棟大樓的存在。

走進去之後，眼前成排的女性品牌服飾店展現出一如想像的華麗燦爛空間。

「…………」

我不經意地回頭一望，就看到走在半步後的阿伊宛如可疑人士，眼神鬼鬼祟祟地亂飄。不過我也很緊張，可以明白他的感受。

「小露娜平時都穿豔麗型的辣妹服裝～所以我今天想幫妳配些不同類型的穿搭。」

應該說真不愧是谷北同學嗎，她彷彿如魚得水，神采奕奕地對身旁的月愛這麼說著。

「先去五樓吧！我最近很中意某種穿搭風格，可惜不適合我呢～」

如此說完便前往一間名為GYDA的店。我當然不知道店名怎麼唸。

店裡陳列著配色典雅，很有「都會大姊姊」風格的服裝。是陰沉邊緣男生難以靠近程度達到ＭＡＸ的品牌店。

「即使衣服的布料面積很大，只要突顯出緊致的身材曲線，就能穿出既健康又性感的感覺呢。」

谷北同學一邊流暢地說個不停，一邊細細評論店裡的商品。

「下半身穿這件吧。所以上衣搭這種類型……我覺得還可以加上這個和這個呢。」

「咦～真假？適合嗎～？」

「小露娜絕對沒問題啦！妳穿穿看～！」

「了～」

從谷北同學手中接過服飾的月愛向店員問了一下，走向試衣間。

「…………」

仍然感到坐立難安的我和阿伊就這樣無所適從地等了幾分鐘。

「如何？」

接下來現身的月愛身上穿的不是我熟悉的平時那種辣妹裝扮。

有如運動胸罩的緊身吊帶小背心搭上運動服般的長筒褲。即使用了與阿伊所穿的那條褲子同樣的吸汗布料，側邊具有整排顯眼白底品牌標誌的那件褲子，仍然給人相差一百八十度的不同印象。褲子採用有如潛水裝，清楚顯露出臀部與大腿線條的緊身設計。而這套服裝雖然露出腹部與雙肩，卻不會給人太過煽情的感覺。應該歸功於宛如羽衣般穿在身上的格子紋襯衫。此外她戴了頂帽子，還戴著淺色的太陽眼鏡，難怪整個人的氣質都不一樣了。

「很不錯嘛～！感覺就像美國西海岸會出現的度假風運動型辣妹！」

谷北同學拍著雙手開心不已。看來月愛的打扮超越了她的預期。

「咦～真的沒問題嗎？會不會出糗啊？人家是第一次穿這種的。」

「很適合喔！是不是呀，加島同學？」

聽到谷北同學這麼問，我對著有些不安的月愛點了點頭。

「嗯、嗯……看起來感覺很時尚。」

接著月愛的臉頰就立刻紅了起來。太陽眼鏡底下的眼睛似乎也有些濕潤。

「這、這樣啊……」

她害羞了……好可愛……

以前的月愛被誇獎時，都是「真假？謝謝～！」這樣的感覺。這種新鮮的反應反倒讓我心頭一跳。

雖然月愛仍然很少和我對上視線，一直都保持著距離。但現在覺得也不全是壞事。

「好了～那就去其他地方吧！不好意思～我今天還想逛很多地方，總之就先到下一家店吧～！」

谷北同學對店員這樣說，店員也開朗地回應：「請慢走～！期待您再次光臨～」這種對話讓覺得試穿之後就非買不可的我感到相當震撼。

「接下來去LIZ LISA吧～！」

「咦，真假？」

谷北同學的話讓月愛慌了。

「那不是人家的風格吧？人家也沒穿過耶～！」

到了店裡之後，我才知道月愛為什麼會那麼說。淡粉紅與黑白色調的陳列架上滿滿地都是荷葉邊與蝴蝶結的衣服。

「這裡的衣服是不是有點像瑪莉美樂穿的？既然適合瑪莉美樂，那應該也適合她的雙胞胎小露娜囉～？」

經她這麼一說，那種風格確實與我看過幾次的黑瀨同學便服有些共通點。而且與黑瀨同學的服裝相比，這些衣服給人稍微花俏的辣妹印象。所以讓月愛來穿或許是個絕妙的點子。

「咦～～人家是第一次穿這種衣服。會適合嗎？」

儘管月愛有點不安，還是拿著谷北同學為她挑選的服飾走向試衣間。

「小露娜，還沒好嗎～？」

過了好幾分鐘，月愛還是沒有出來。於是谷北同學在外面喊了她一聲。

「嗯～」

「怎麼了？尺寸不合嗎？」

她這麼說著，拉開簾子一個小縫把頭探進去。

「啊，穿好了嘛！出來吧～」

「欸，可是……」

「快點嘛～」

簾子「唰」地一聲拉開，展現出月愛的樣子。

月愛的臉紅通通的。

至於最重要的服裝──

衣襟與胸口處有著蝴蝶結與荷葉邊，充滿裝飾的白色襯衫，以及附有背帶，滿滿荷葉邊的粉紅色迷你裙。那套隱約具有哥德蘿莉塔精髓的服裝看起來很接近女僕服。由於我之前才在拍貼機店看過她穿女僕服，所以不會感到很突兀。

「意外地不錯耶？加島同學，這樣的小露娜感覺怎麼樣？」

聽到谷北同學這麼問，我生硬地點了點頭。

「……嗯，很、很可愛。」

由於太過害羞，我有點不知道該怎麼辦。而且也不想被阿伊聽到，所以聲音就小得跟蚊子一樣。

不知道月愛是怎麼看待我的反應，只見她露出慌張的模樣。

「……不、不奇怪嗎？這樣的衣服應該給海愛那種清純型的黑髮女生穿比較好吧……」

「沒有那回事喔～！最原始的公主風辣妹打扮就是酒店小姐那類人在穿的，髮型花俏一點也沒關係喔。」

谷北同學立刻補充一句。

「嗯～這樣啊。」

月愛還是沒什麼自信。她偷偷看了我一眼，又立刻撇開視線。

看到那樣的她，我想起之前做出的決定。

必須主動、積極地與她交流。

即使在谷北同學和阿伊面前那麼做很羞恥，還是試試看吧。

「……很……」

真的會很羞恥啊。我本來就不是那種個性。更何況還有其他人在，又是在這種地方。

「……很、很可愛喔。」

雖然有點吃螺絲，但我以比剛才更大的聲音說出口。

「咦！」

月愛漲紅了臉，慌張地在試衣間裡轉來轉去。

「討、討厭啦，人家去換衣服了！」

然後自己拉上簾子。

接著——

「阿加……你真的變了。竟然開始像個輕浮的男人，說得出那種讓人雞皮疙瘩掉滿地的話……」

一臉傻眼的阿伊語帶責備地吐槽被留在原地的我。

在那之後，谷北同學繼續進行月愛的時裝秀。

在另一間店裡，她穿上袖子寬鬆的短版上衣，搭配高腰的人造皮革緊身迷你裙。營造出充滿個性的打扮。

「以EMODA的Mode系（註：一般為最新流行款式的意思）衣物誕生出成熟風格的辣妹！」

而在另一家店則是——

「以強調肩膀的短版上衣和喇叭牛仔褲做出澈底的Y2K穿搭風格！看起來就像布魯品那樣，很帥吧？」

我已經幾乎聽不懂谷北同學在說什麼了。

「……布、布萊彼……？」

雖然腦中浮現出著名好萊塢明星的臉，但應該不是那個人吧。按照往例，也可能是韓國偶像的名字。

不過可以確定的是，即使是類型如此迥異的服裝，每一套卻都神奇地很適合月愛。就算以谷北同學的優秀品味為大前提，月愛的好身材仍然再次讓我感到驚訝。

「……小露娜好好喔～真的是穿什麼都適合呢。」

這個時候，谷北同學就像與我的想法同步似的，看著試衣間裡的月愛如此嘀咕。

「如果我的身材像小露娜那樣，可能每天都會去服裝店霸占試衣間了。欸，妳將來去當模特兒吧？」

「欸～人家不行啦～！而且喝了珍奶之後肚子會鼓起來耶。」

「妳就忍一忍嘛！那可是模特兒喔？」

「欸～沒辦法啦！」

和谷北同學你一言我一語的月愛如同往常般開朗。

看到她那副模樣，讓我有一點點焦慮。

我們的心明明已經一點一點逐漸接近彼此。

然而我卻仍然感到雙方有著距離。

「話說小朱，還要繼續下去嗎？龍斗你們會不會累呀？」

月愛突然猛眨眼，對我使了個眼色，於是我也眨了回去。

「不、不會啦，我們只是在旁邊看……」

當我往旁邊一望，就見到阿伊似乎露出鬆了口氣的表情。我們進入109大樓時，他的眼神原本一直都像個死人似的。看得出他完全把「總算結束啦」的喜悅心情表現在臉上。

「啊，真的耶。已經過了兩個多小時了～！」

谷北同學拿出手機吃驚地瞪大了眼。

「各位，謝謝你們陪我這麼一趟～！嗯，我也很滿足了，稍微休息一下吧。我請你們喝飲料！」

當谷北同學開心地如此表示時，月愛怯生生地對她說：

「在那之前問一下喔……換完衣服後，人家可以去買剛才試穿的衣服嗎？」

「咦，真假？好開心喔～那些衣服有妳喜歡的呀？是哪家店的？」

被這麼一問，月愛的臉頰瞬間染紅。

「……呃……就是……LIZ LISA。」

她以細得幾乎聽不到的聲音回答。

「真假？好意外！小露娜打算接觸公主型打扮了呀？」

一個牌子都沒記住的我在聽到谷北同學的話之後才回想起來。

是那套很像女僕的服裝啊……那明明是最讓她害羞的衣服，確實讓人很意外。

◇

接著我們就和拎著LIZ LISA購物袋的月愛前往附近的家庭餐廳。

雖然店裡人很多，不過從飲料吧拿了飲料之後總算可以喘口氣。我們坐在靠窗的餐桌座位，從三樓的店內觀看在道玄坂上絡繹不絕的人潮。

「玩得好開心喔。」

谷北同學仍然一副開心的模樣，掛著雀躍的表情喝著熱可可。

「但試穿這種事還是有瓶頸呢，只能在同一個牌子裡做搭配。」

「啊～也是呢。」

「果然還是當服裝造型師好～可以借用各種牌子的衣服。」

坐在一起的谷北同學與月愛聊得非常開心，坐在對面的我偷偷看了一眼身旁的阿伊。小口喝著可樂的阿伊還是一臉無聊的樣子。

再這樣下去，就不知道到底是為了什麼才帶阿伊來了。至少得想辦法讓他與谷北同學交流一下才行……想到這裡，我就戰戰兢兢地向谷北同學搭話。畢竟如果我沒有加入對話，阿伊大概也很難參與其中吧。

「谷北同學，除了服裝造型師以外，妳還想做什麼呢？」

「嗯？有是有啦～我算是有滿多想法的。」

谷北同學大方地回答。

「雖然我一直很憧憬當服裝造型師，但最近也覺得『製作衣服』很不錯。」

「小朱很會做衣服呢～！一年級校慶時D班的服裝就是小朱做的對不對？」

聽到月愛這麼說，谷北同學露出有點得意的微笑。

「只要有版型就可以啦。還有我也常常被阿宅朋友拜託，做些簡單的角色服。」

「角色服是指角色扮演服裝？妳會自己做喔？」

「欸～好想看喔～！」

在我和月愛尊敬的眼神中，谷北同學得意地提起了嘴角。

「是嗎？那下次我就帶些適合小露娜穿的衣服過來給妳穿吧～？」

「不會吧！欸～好期待喔～！」

當月愛開心地大喊時，谷北同學卻稍微垂下眉毛。

「但我想當的不是那種『親手製作衣服的人』。而是廣義上的『服裝製作者』，或是該說服裝設計師、時尚總監那樣的頭銜。」

「咦……？」

我和月愛靜下來聽她說，谷北同學也認真地娓娓道來：

「我希望能減少走進店裡看上一件衣服，卻發現與自己的體型不合……體驗過這種悲慘經驗的人喔。」

如此說道的她眼中充滿了前所未見的認真神色。

「女孩子的衣服大多是對應S與M的兩種尺寸。也有許多品牌只有單一尺碼。所以像我這種嬌小身材的人，或是反過來體型太大的人，要買好看的衣服都是很困難的事。」

「聽妳這麼一說，的確是這樣～為什麼廠商不製作更多種尺寸的衣服呢？」

「因為只要增加更多對應尺寸，就會耗費更多成本。如果是UNIQLO那樣的大型公司，就可以在預期小眾尺碼也有一定銷售的情況下讓服裝對應多種尺寸。但是一般的服飾品牌就沒辦法了。」

「原來如此……」

怎麼感覺谷北同學突然看起來變聰明了。當我感到佩服時，她垂下視線。

「我的體型是班上最小的。假設班上有二十個女生，我就是二十分之一的小眾。以那樣的人當成目標客層，銷售額很有限，所以在商業上會受到捨棄。畢竟如果依照平均身高製作衣服，就可能會有二十人中的十個人……約半數人可以買。」

她喃喃說著這些話的表情，似乎透露了自己經年累月的煩惱。

「S尺碼對我來說還是太大。雖然我現在追的是K-POP時尚潮流，穿的都是短褲或迷你裙。但是日本的主流時尚這十年來一直都是寬鬆穿搭與長版服裝，讓我很難受啊。經常在試衣間裡不甘心地想著『這件裙子再短三公分就不會拖地了』這類的念頭。況且在設計的層面來說，也不是所有衣服都可以自己修改。」

「原來是這樣啊……」

月愛似乎也是第一次聽到谷北同學說這些事。

「……可、可是。」

現在的氣氛似乎不適合讓阿伊加入對話，但為了讓谷北同學和他有所對話，我還是努力地插進話題。

「如果谷北同學當上服裝設計師，不也還是得製作平均身高的人穿的衣服嗎……？」

聽到我的問題，谷北同學抬起頭淡淡地說：

「就是啊～所以若是真的要創立品牌，我打算建立專門給身材嬌小的人穿的品牌服飾。」

「那個點子不錯嘛！感覺有需求喔。」

月愛開心地拍著手，谷北同學對她點了點頭。

「嗯。雖然已經有以P尺碼為主的品牌，但綜觀整個服飾市場仍然太少了。要找到自己喜歡的穿搭風格或設計還是很不容易，所以只要自己建立品牌，那個問題就得以解決。」

谷北同學興奮地說著，隨後稍微低下頭。

「我明明很喜歡打扮，能讓我隨意更換服裝的模特兒卻只有身為P尺碼的自己。所以如果成為服裝造型師，固然可以盡情幫身材很好又漂亮的人想出好看的穿搭。但如果成為設計師，就可以讓世上增加更多適合自己的服裝。感覺那也不錯呢。」

「這樣啊……」

「不錯嘛，很帥耶！不管小朱選哪邊，人家都會支持妳喔！」

聽到月愛有點興奮地這麼說，谷北同學也心花怒放地露出陶醉的眼神。

「若是當上設計師，我也想製作包包～！包包真的很好喔。那是少數可以不必在意使用者的體型，直接把設計師的意匠戴在身上的時尚配件。」

「意、意匠？」

她用詞太過艱深讓我聽不懂，不過谷北同學繼續說下去。

「服裝這種東西，即使設計得再好，如果穿著者的體型與服裝的剪裁不合，外型就會垮掉，穿起來不好看吧？」

「沒有錯～」

衣服穿在模特兒或假人身上時明明就很好看，等到自己穿上的時候才發現完全不適合，這類經驗確實很常見。

「在這方面，包包就完全不受體型的影響。可以把設計師所設計的完美造型如出一轍原封不動地變成自己的東西。對於喜愛時尚的人而言，那不是最棒的一件事嗎？」

無論是邊緣人還是辣妹，對自己喜歡的東西發表高見時，說話速度都會變得很快呢——我觀察谷北同學的那副模樣，心裡如此想著。

「而最棒的果然還是名牌包啊。愛馬仕、香奈兒是經典。LV的OnTheGo是神設計。不過如果要自己拿，還是得選迪奧或CELINE呢。我有個目標，畢業之後要打工存錢買迪奧的手機包。」

這麼一說，我想起某件事。

以前谷北同學看到月愛向奶奶借用的名牌包時，還一度懷疑月愛在做「爸爸活」。現在我才知道，她之所以連別人的包包品牌都能注意到，是因為對包包抱持非比常人的興趣。

「說到迪奧，小露娜妳最近都沒有帶呢。像妳今天拿的是GUCCI。」

「啊～那個喔。」

聽到谷北同學這麼說，月愛開口說道：

「人家給海愛了。感覺那好像比較適合海愛的打扮。」

她邊說邊拿出手機，操作畫面後拿給谷北同學看。

「對不對？很可愛吧？」

「咦，真假！小露娜太慷慨啦！現在市面上的類似產品可是要賣三十萬圓以上耶？」

月愛苦笑著玩弄頭髮，對眼睛瞪得老大的谷北同學說：

「哎～就是呢，那個好像是奶奶二十年前去海外旅行時買的。當時她在免稅店買大概是十萬圓左右，可是之前拿去當舖時，店員卻說：『這種款式已絕版。保存狀態也不佳。本店只能以五千圓收購。』奶奶很失望就給我了。現在這個也是那樣來的喔～」

「咦～！那家當舖太沒眼光了！明明就有喜歡舊款式的愛好者！要不要放到網拍上？搞不好可以賣到當初購買時的價格喔？」

「不會賣啦，現在還在用耶。」

「啊，對喔。」

我聽著兩人的對話，望向月愛放在桌上的手機。

出現在畫面上的是穿著便服靠在一起的月愛與黑瀨同學。應該是月愛的自拍照吧。不管由誰來看，臉稍微被截掉，正在笑的月愛，與在她臂膀中露出笑容的黑瀨同學都像是一對相親相愛的好朋友。

雖然她們從情人節和好到現在還不到一個月，兩人已經逐漸恢復成姊妹的良好感情。想到這裡，我的心中就感到一絲暖意。

「所以說，小朱最後是要當設計師？還是服裝造型師？今天妳就是為了做出決定而來的吧～？」

「唔……」

聽到月愛的話，谷北同學抬起頭，露出充滿煩惱的表情注視著窗外。

在這段假日的喝咖啡休息時間，就連走在澀谷的人們步伐也彷彿放緩了許多。

「可能要再多煩惱一下才能做出決定吧。或許哪邊都不是正確答案……也有人是以服裝造型師出名，再建立自己的服飾品牌呢。總而言之，第一志願就選服裝造型科，第二志願選時尚設計科吧。」

「這樣啊，不錯喔。」

朋友的結論讓月愛臉上露出開心的表情。

就在這時，谷北同學突然一臉嚴肅。

「……不過，我今天確定了一件事。」

谷北同學交互地看了看望著她的我和月愛，微微一笑。

「看來自己真的很喜歡時尚呢。我想把時尚當成賴以維生的工作。」

她的眼中燃燒著熱情的火焰，顫抖的聲音中充滿強烈的意志。

「謝謝你們陪我過來，小露娜、加島同學……還有伊地知同學。」

谷北同學逐一地看著我們，如此說道。最後在視線移到阿伊身上的時候，她垂下眼睛，臉頰泛起紅暈。

「…………」

阿伊不敢望向谷北同學。他將高大的身軀縮成一團，整個人畏畏縮縮的。

這兩個人的相處實在太讓人感到焦急了。阿伊仍然完全插不進對話。若是不在大家準備解散之前做點什麼，今天帶他來就沒有意義了。

「能像谷北同學那樣有熱衷的事物真好呢。」

為了不讓話題就此中斷，我這麼說道。

「龍斗不也喜歡遊戲直播嗎？而且伊地知同學的建築也很厲害呢，我看過影片喔。」

月愛的助攻做得好。應該說她或許終於想起今天的另一個目的了。

「咦，啊，喔……」

阿伊仍然是那副畏畏縮縮的樣子。

「小朱也應該看看喔。伊地知同學很厲害呢。」

「…………」

谷北同學緊抿雙唇，直直盯著桌子。

照她那個樣子，我隱約感覺到她可能早就已經看過阿伊的影片了。

「我、我去拿飲料！」

可能是氣氛太過尷尬，只見谷北同學拿起杯子離開座位。

「啊，小朱！人家也要去～！」

於是月愛慌慌張張地拿著杯底還剩下一些冰茶的飲料杯，也跟了上去。

「…………」

現場轉眼間就只剩我和阿伊兩人。正當我不知該說什麼才好的時候，阿伊突然生龍活虎地和我聊了起來。

「對了對了，說到影片啊，我收到觀眾粉要我『拜託露臉』的留言耶。你怎麼看？我該不該露臉啊？」

「咦？」

雖然我覺得能無視目前的狀況，講出那種話的樣子很有阿伊的風格，但還是因為腦袋跟不上而感到一頭霧水。大概是因為建築被月愛稱讚，讓他很興奮吧。

「呃……我覺得你應該自己決定啦。」

「話是那麼說沒錯，不過老實說你怎麼看？我瘦下來後就沒那麼醜了吧？從客觀的角度來看感覺如何？」

「嗯、嗯……不、不過那種打扮很難說吧？穿著在家穿的運動服到澀谷購物有點……」

「就算你那麼說，我一開始可是以為今天只是和你去吃飯耶。」

「是、是沒錯啦……但你不覺得差不多也該買些新尺寸的衣服了嗎？」

「可是我對衣服不熟，也不知道去哪買什麼衣服才適合。再說了，我沒有買衣服時能穿的服裝。阿加也一樣吧？只不過你最近好像變得有點帥了。」

「沒有啦，那是月愛……不對，是白河同學她……」

在阿伊的面前說出「月愛」這個名字讓我有點慌張，阿伊則是「唉～」嘆了口氣。

「可以不用那樣啦。你們獨處的時候都會互稱名字吧？在我們面前那樣叫也沒差啊。」

「唔，嗯……」

雖然很難為情，我還是點頭了。

「我也對打扮沒什麼概念，不過最近會在購物時讓月愛……幫我看一下該怎麼穿……」

這時，月愛與谷北同學裝好飲料回來了。

「對、對了！機會難得，乾脆請谷北同學幫你挑衣服吧？她可是未來的服裝造型師，很擅長這方面的事喔！」

我把腦中靈光一閃的好點子說出口，月愛的眼神也跟著亮起來。

「就、就是說呀，伊地知同學！妳說好不好，小朱？伊地知同學適合穿什麼衣服呢？」

「啊、啊？」

還沒坐下來的谷北同學就這麼拿著飲料杯站在桌子旁邊，露出不知所措的樣子。

「為、為什麼非要我來幫他挑衣服？」

「因為小朱不是想當服……」

「小露娜在說什麼啊！」

谷北同學可能以為月愛打算暴露好友的心意，連忙激動地打斷她。

「我對伊地知同學一點興趣也沒有啦！」

谷北同學以周圍座位的人都不禁轉頭看向這裡的音量如此大喊。

月愛、阿伊和我都目瞪口呆地看著她。

「…………」

阿伊露出自己明明已經被拒絕過一次，搞不懂為什麼又被那麼說的表情愣在原地。

見狀的谷北同學回過神，臉色一下子變得很蒼白。隨即她又漲紅了臉，站著將手上的哈密瓜汽水一口氣喝完。

「對啦～我是沒興趣！雖然沒興趣……唔！你給我過來一下！」

谷北同學用力放下空的飲料杯，並且用那隻手揪住阿伊的胸口。

「嗚哇！」

阿伊不禁叫了一聲。

儘管是谷北同學自己把對方拉過去，她卻因近在眼前的阿伊那張臉而滿臉通紅。不過她又努力繃起表情瞪著阿伊。

「我也很懂男性的打扮！就讓我朱璃大人破例特別幫你這種讓人引不起興趣的傢伙搭配衣服吧！你可得感激我喔！」

「噫……！」

阿伊渾身顫抖，發不出半點聲音。身高超過一百八十公分的男生一臉畏縮地被矮自己三十多公分的女孩子揪住胸口，這種奇特景象引起店裡一小陣譁然。

這……看到這種發展，該怎麼辦才好啊？

我不知所措地望向月愛，眼神剛好對上在同一時間望過來的她。

「哈……哈哈哈。事情怎麼會變成這樣啊？」

月愛僵硬地露出苦笑。我的表情一定跟她差不多。

谷北同學這時已經拉著阿伊走向結帳櫃檯，我們則是隔了一拍後才急著收拾東西離開家庭餐廳，追在兩人後面。

◇

谷北同學一走出家庭餐廳，就拉著阿伊的手快步走在路上。

她回到109大樓那邊，穿過中央街，朝著白色牆壁上寫有ZARA字樣的三層建築而去。雖然那間店在櫥窗裡擺著打扮時髦的假人，看起來就很像追逐時尚的人會逛的店。但因為今天第一次被帶到連我都聽過的品牌服飾店，讓我稍微鬆了口氣。

走進店裡之後，谷北同學看了看樓層圖便搭上手扶梯。我們也跟在後面來到三樓的男士服飾區。

「哼！」

谷北同學這才鬆開阿伊的手。她的臉仍然紅通通的。

「像你這種人啊！」

她嘴中這麼說著，邊走邊挑選架上陳列的商品。

「身高很夠，穿什麼都適合啦！」

她翻了翻掛在衣架上的上衣，挑出一件衣服。

「你就穿這個吧！」

接著她迅速走向褲子區，再次以果斷的動作取出一件褲子。

「還有這個！」

接著又選了一件外套。

「反正你也很適合穿這件吧！」

阿伊的兩隻手逐漸堆滿谷北同學塞給他的衣服。

「你還愣在那邊做什麼！趕快去試衣間啊！」

即使被如此喝斥，阿伊仍舊一臉茫然沒有行動。看來他似乎被谷北同學的氣勢嚇到了。

「好，阿伊！難得來一次，你就穿穿看嘛！」

於是我盡力在阿伊的背後推他一把。

「而且這種機會很少見呢。我會陪你去試衣間啦！反正你自己買東西時也絕對不會有勇氣穿這種店裡的衣服吧？」

「對、對啊。是這麼說沒錯啦……」

勉強成功讓阿伊點頭的我就這麼順勢帶著阿伊前往試衣間。

「這樣好看嗎……？」

走出試衣間的阿伊臉上掛著明顯不安的神情。

但我覺得他其實沒必要擔心。

阿伊身上穿的是胸前附口袋的長袖針織衣，搭配服貼合身的長褲，再披上長度及膝的薄大衣。上半身寬鬆的服裝突顯下半身纖細線條的帥氣。連對時尚打扮外行的我都多少看得懂這樣的穿搭。

「很不錯耶，阿伊！」

他與剛才那個穿著居家運動服的邋遢男簡直判若兩人。由於這副模樣看起來還滿英俊的，讓我不禁有點生氣。

「果然很適合嘛……！你這個男人真的完全符合我的想像！一丁點意外性也沒有！之所以穿上長大衣也不會有『衣穿人』的感覺，只是因為你的體型高大得讓人懷疑是不是大型垃圾！啊～結果太符合我的想像，反而很無聊！像你這樣的男生啊，絕對只能過著大型垃圾般的一生啦～！」

谷北同學的呼吸急促，空有氣勢的痛罵也很起勁。看來她幫忙搭配的打扮一如自己的預想，相當合適。這讓她非常興奮。

「真的耶～！伊地知同學，很不錯嘛。」

月愛也看著阿伊拍手讚賞，我感到內心有點複雜……沒想到自己竟然有對阿伊產生這種心情的一天。

「咦，這樣真的好嗎？阿加？真的嗎？」

「唔、嗯。看起來很帥喔。很適合你。」

我補上一句讚賞，這才讓阿伊露出安心的表情。

「這樣啊……不過衣服應該很貴吧。我剛才邊穿邊算，整套要一萬八千圓呢。」

不愧是理科人。只見阿伊露出不太情願的表情。

「我可以借你錢喔！還差多少？」

阿伊對我的建議緩緩搖頭。

「沒有啦。爸媽給了我兩萬圓說『既然你要去澀谷，就去買些新衣服吧』，所以我還買得起……只覺得花那麼多錢在衣服上太浪費。本來還想偷偷拿去買遊戲。」

「不、不可以啦，阿伊！千萬別糟蹋伯父伯母的好意！」

看來阿伊的爸爸還是媽媽也對兒子穿成那副德性上街有些意見。

「一點也不浪費啦！你搞不好會以『嗨咖祐輔』的名號出現在影片裡耶！如果穿著帥氣的衣服，不就能受到ＫＥＮ粉們的追捧嗎？」

希望能稍微改善連我都覺得和這位朋友走在一起時很尷尬的那套服裝。而且若想把朝奇怪方向失控暴衝的谷北同學與畏畏縮縮的阿伊湊在一起，就必須讓阿伊買下由谷北同學挑選的衣服。出於這兩點，我比平時還拚命。

「……唔～既然阿加這麼說，那我就買吧。」

或許是阿伊感受到我的心意，他不情不願地決定買下衣服了。

「謝謝惠顧～」

我們在店員的聲音中離開店裡。阿伊接受了大家要他直接把衣服穿上的建議，以一副改頭換面般的打扮走在澀谷的街道。他手中的ＺＡＲＡ袋子裡裝了剛才的邋遢服裝。ＺＡＲＡ袋子想必會因為那堆意料之外的闖入者而大吃一驚吧。

「這樣子真的不會被ＫＥＮ粉取笑嗎？」

阿伊帶著心神不寧的表情重新打量自己一番。

「嗯，這樣絕對沒問題啦……不過說真的，露臉這件事還是冷靜考慮之後再決定比較好喔。在這種時代……可能會有人肉搜出一堆資料，對你詆毀謾罵。」

「還好啦，我已經知道風險了。ＫＥＮ粉裡也有人告誡過好幾次『絕對不要露臉』。」

阿伊有在推特上以「嗨咖祐輔」的名義活動，ＫＥＮ粉對他的意見似乎就是來自那裡。

「不過啊，我們不都是邊緣人嗎？況且我又不像阿加有那麼漂亮的女朋友，一直都過著看不見太陽的生活。所以當好不容易成為參加粉，受到別人追捧的時候……也可以稍微得意忘形吧？」

「我能夠理解你的心情啦……」

就在這時，阿伊突然用手肘撞我。

「喂，那個人好猛啊。」

阿伊指的是走在對面，打扮得花枝招展的金髮辣妹。值得一提的是她的服裝。光是那件服貼合身得似乎能看到內褲線條的迷你針織連衣裙就很色情。令人吃驚的是衣服的胸口處還開了個魚板造型的洞。洞裡可以窺見高高隆起的赤裸乳溝。那種充滿刺激的打扮應該會讓絕大多數的男人都想多看一眼吧。當然我也在不轉動腦袋的前提下多看了一眼。幸好月愛走在我前面。

「唉……」

情不自禁地回頭目送乳溝辣妹離去的阿伊彷彿大飽眼福一般，發出了嘆息聲。

「就算只有一次也好，真希望能和那種看起來經驗豐富的大姊姊做色色的事呢。」

他的聲音並不算大，但已經足以傳到走在前面的谷北同學與月愛的耳朵裡。

谷北同學似乎對阿伊的話起了反應。只見她轉過頭來，臉上露出超強等級的怒意。

「噁心！處男就是因為這樣才讓人覺得傻眼！太噁了！拜託你不要呼吸好嗎！現在就給我鑽到地裡！穿過巴西飛去月球啦！」

有那麼嚴重？有必要講到那種程度嗎？

「小、小朱～～！」

月愛也露出哭笑不得的表情。

「…………」

我知道谷北同學對阿伊的感情，所以可以明白那是戀愛中的少女出於嫉妒所說的話。

然而將那些話當成百分之百中傷的阿伊卻是把眼睛瞪得大大的。

「什、什麼啊……處男就不能幻想？被經驗豐富的美女帶上床可是處男的夢想耶……」

等到谷北同學把頭轉回去之後，阿伊對我低聲抱怨。

「話說她竟然擅自認定別人是處男。就算我是邊緣人，也未免太看不起我了吧。」

「啊……」

那其實是因為以前谷北同學說過希望男朋友不是處男，卻迷上了阿伊（Ver.2.0）時，我告訴她「阿伊是處男喔」的緣故。抱歉！

「別、別在意嘛，反正以你剛才的邋遢打扮……更正，是環保永續的服裝，也只會被當成沒有女人緣啦！」

「喂，什麼環保永續啊。我剛才可是聽到『邋遢』喔。」

「可、可是現在這樣就沒問題！看起來很帥，一點也不像處男喔！」

「……是嗎？」

阿伊突然換上一副暗爽在心裡的表情。

「是啊是啊！好啦，難得的假日，只要想些快樂的事就可以了！」

「嗯～說得也是啦。」

阿伊同意我的說法，語氣中聽得出他似乎已完全轉換心情。我就是中意阿伊這點。

不過光從這點就能看出讓這樣的阿伊在意地整個月不想上學，甚至為之爆瘦的那場對谷北同學的失戀在他心裡留下了多深的傷痕。

「哎～剛才那個辣妹真的好色喔～」

開始只想著快樂的事之後，阿伊以比剛才更小的聲音對我說：

「色色的辣妹真棒。之前還以為鬼辣妹也是那種感覺的色情辣妹，沒想到她竟然是個專一的純情少女，有點期待落空啊。原本還想被她玩弄呢。」

「哎、哎呀。剛才的辣妹搞不好內心很純情喔……？」

正當我心想著自己為什麼要認真回答這種話題時，阿伊卻不知不覺換上了正經的表情。

「……上次我也對阿仁那麼說，結果他生氣地痛罵：『不准把山名同學說成那樣。』」

的確，我可以理解喜歡的女生被說成那樣時的不爽心情。如果月愛被那樣說，我也會不開心。

「欸～阿加～？」

「……！」

不知道阿伊想到了什麼，他突然一臉嚴肅地注視著我。

「阿仁他是不是喜歡鬼辣妹啊？」

「……！」

這個問題一下子就戳到整件事的核心，讓我不禁眼神亂飄。

「不、不知道耶……你去問他本人吧？」

「才不要。我怕又會惹他生氣。」

阿伊撇過頭去，望著前方喃喃說道：

「一提到和戀愛有關的事……大家都變得好可怕喔。」

「……這就代表他們有多麼認真啊。」

「真羨慕那些對戀愛很認真的傢伙呢。」

阿伊那種自暴自棄式的說法讓我有點焦急地回答：

「怎、怎麼會呢……阿伊不也是認真地喜歡谷北同學嗎？甚至還告白了……」

「拜託別再提那件事了……是黑歷史啊……」

阿伊洩氣地看著我並將視線移到地上，低聲說著：

「這段時間我有ＫＥＮ就夠了。」

「…………」

以這種情況來看，對於月愛那個讓谷北同學和阿伊接近的計畫，我只能做出今天會完全以失敗收場的結論。

◇

「唉……一點也不順利啊……」

解散之後，我們兩人搭電車回家時，月愛失望地垂下肩膀。

「小朱也真是的。為什麼會變成那個樣子呢？那麼做會被討厭耶。」

「嗯，可能現在不是時候吧。妳看嘛，戀愛這種東西……是講求時機的。」

如果是以前的自己，根本不會有那樣的想法吧。

我人生第一次的告白失敗了。雖然被我告白的黑瀨同學在四年後喜歡上與她重逢的我，但是這次換成我拒絕她了。

因為人的心情與狀況時時刻刻都在改變。

可能只有在他人看到自己的那個瞬間，就與對方墜入情網的人，才有辦法得到幸福的愛情吧。

阿伊被谷北同學拒絕的情傷到現在都還沒痊癒。谷北同學一定也知道這點，才會感到愧疚而無法坦率面對阿伊吧。

看到今天兩個人的樣子，我是那麼想的。

「不過話說回來，谷北同學還真是喜歡時尚打扮。希望她真的能成為服裝造型師或設計師呢。」

為了轉移仍然一臉失落的月愛注意力，我換了個話題。

「嗯……是啊。差不多該填寫出路調查表了。」

雖然我成功轉移月愛的注意力，但是她的表情仍然死氣沉沉。

「這麼一說，伊地知同學畢業後打算做什麼？」

「上大學喔。他說過想成為一級建築士，正在查詢有建築科系的大學。」

因為遊戲而對現實的職業產生興趣。這種事若是讓ＫＥＮ聽到，應該會嚇一跳吧。

「這樣啊。龍斗想上法應大學對吧？大家都已經做好決定了呢……真了不起。」

山名同學打算進入美甲師的培育學校，黑瀨同學則是想成為編輯而準備升大學。的確，月愛周圍的人都已經漸漸找到未來的目標。

「月愛要當模特兒嗎？剛才谷北同學也建議妳當呢。」

我半開玩笑地說著，試圖緩和有點沉重的氣氛。

「唔～」

但是月愛沒有像平時那樣附和我的玩笑。

「人家不會像小朱那樣先考慮很多再挑選服裝。」

月愛倚在旁邊的扶手上，望著車窗外。

週日傍晚的街景隨著日落逐漸暗了下來。

「不是在ＩＧ上看到照片，覺得『這個好可愛～！』便去買了，就是被店家推薦，穿上後感覺『好可愛喔～！』而買下……幾乎都是這樣。」

「那不就是因為月愛穿什麼都好看嗎？我覺得那是適合當模特兒的特質。」

月愛屬於平均身高，但是她的手腳修長，全身的比例很均衡。而且不管怎麼說她都非常可愛。

「嗯～如果真的是那樣，那很令人開心。可是人家什麼都沒想也是事實。」

月愛皺起眉頭，瞥了我一眼。

「就算有點可愛，身材稍微不錯，然而模特兒這種職業不都是那樣嗎？什麼都不考慮，也不努力展現自己，隨便過日子的人突然就能成功。就算是我也不覺得有那種事呢。」

聽到這些話，我就知道月愛比我想像得更認真地考慮進入「模特兒」這個行業。那是月愛正在以她自己的方式認真思考出路的證據。

「假如是那樣，等到妳成為模特兒以後再開始加油不就好了嗎？思考成功的方法，好好努力……」

「是沒錯啦……成功的人似乎都是那樣。」

她低下頭老實地回答，接著又稍微抬起臉。

「……問題在於人家心中沒有『努力加油吧』這種想法。至少對於模特兒之類的演藝職業是如此……」

車輛搖晃的聲音讓月愛的話聽起來斷斷續續，我這才發現她的聲量變得這麼地小。

月愛將視線從車窗拉回來，注視著自己的腳尖，再次開口：

「小六的時候，學校要求學生在畢業紀念文集裡寫下『將來的夢想』。人家寫的是『當新娘子』。」

我想像了月愛小六時的模樣，默默聽著。

「在班上的女孩子之中，只有人家寫了那樣的夢想。老師有點傷腦筋地說『只寫這樣好嗎？白河同學想當什麼都可以喔，例如太空人或麵包店老闆。而且就算當了太空人或是麵包店老闆，妳還是可以當新娘子喔』。老師平時很溫柔，像個大姊姊。但是那個時候的她感覺有點可怕……人家不知道為什麼她會說那樣的話，於是就哭了。人家不想當太空人，也不想當麵包店老闆，只想當新娘子。」

月愛結結巴巴地說著，然後微微露出笑容。那是一抹自嘲般的微笑。

「現在這個時代或許已經不容許『想當新娘子』這種夢想了呢。但是……對人家而言，那就是最大的夢想。」

我感到有點遺憾，月愛的情緒傳達給了我。

「要找尋新的夢想可能得花一點時間。不過人家還是會用自己的方式仔細思考，開始行動……人家想成為配得上那麼努力的龍斗的女生。」

垂下眼睛臉頰泛紅的她看起來好可愛，讓我不禁堆滿了微笑。

「……月愛只要像現在這樣……」

我差點就要這麼說了，卻因為太過害羞而先把話吞回去。

「嗯？」

「沒有啦，呃……就算是現在這樣，月愛還是……配我太可惜的……女朋友喔。」

當我好不容易把真心話說給她聽時，月愛有點垂下的臉變得更紅了。

「是嗎？」

「……關家同學說過。『總之先找個工作來做，如果跟自己不合再另尋出路就好』。那句話讓我感到輕鬆多了，沒有必要想著一開始就得找到自己的天職。」

我的話讓月愛抬起頭，兩眼閃閃發光。

「他說得很好耶。聰明的人說的話就是不一樣～」

看得出月愛打從心底感到佩服，讓我有點嫉妒。腦中還浮現了「早知道就不說出關家同學的名字，把那句話當成自己說的就好了」這種奸詐的後悔之情。

我發現最近自己的嫉妒心似乎越來越重了。雖然之前曾對她的前男友有種不是滋味的感覺，但好像也沒有這種妒意。

若要找個原因，看來還是……最近我們的肢體接觸太少了。

就像今天，我和月愛連一次手也沒牽。就算在阿伊與谷北同學面前不方便，兩人獨處時牽一下也應該沒問題……即使我這麼想著，卻遲遲找不到機會。

走在A車站往月愛家的路上時，我的腦中全都是「牽手」這件事。

就像在上野公園約會時那樣。

當時我利用登船的機會，成功牽了她的手。

但是現在的我不同了。自己已經和月愛牽了幾十次的手，應該可以做得更自然……更聰明點。

有著許多木造房屋的老式住宅區已完全籠罩於黑暗之中。我趁著氣溫變冷的這個時候，突然拉近與身旁月愛的距離，碰了她的手想要牽她。

結果……

「呀啊！」

月愛用力扭動身子往後一跳。

「嚇人家一跳耶。」

她的臉上泛著即使在夜晚也清晰可見的紅暈。

「…………」

這下子連我也稍微喪失了自信。就算知道她並不是討厭我，被拒絕時內心還是會受到一定程度的傷害。

我和月愛停下腳步面對彼此。就在路燈與路燈之間，一旁只有民宅的冷清路邊。

「……我做了什麼……讓月愛想躲開我的事嗎？」

「咦，人家才沒有躲開……啊！」

月愛回答到一半，這才驚覺自己的所作所為。

「這是，呃……人家有點害羞……」

月愛的臉變得越來越紅，她低聲說著：

「人家太喜歡龍斗……最近都不敢看你的眼睛……心臟又跳得好快，簡直像快要死掉一樣。」

我的心臟被一擊射穿了。

雖然很開心啦。

那讓人很開心沒錯……可是——

「呃，那難道……和我說會以有色的眼光看待月愛的那些話……有關聯嗎？」

月愛紅著臉默默地點頭。

「感覺好像在那之後，人家跟龍斗在一起時就會在意……太害羞了。」

果然是那麼一回事啊。

「龍斗看起來好像沒什麼性慾……人家一開始還以為你有陽痿的毛病。結果你原來想著人家做了五、五百次……」

「忘掉那個數字啦！那完全是錯的！」

「……比那個數字還少嗎？」

「……有可能……」

「有可能更多？」

都是因為月愛的亢奮情緒，害我也越來越激動。

「沒有啦，我不知道！真的沒數過啦！」

「你、你的意思是次數多到數不完嗎！」

「不是啦，呃……這……」

這個嘛……

「對不起……我這個人太色了……」

「也、也不是什麼需要道歉的事啦……而且人家很開心。」

月愛忸忸怩怩地說道：

「但是……好害羞喔……」

「所以，要不要來牽手？」

「嗯……可是……」

月愛說得很難為情。

「你是用那隻手做的吧……？」

「咦？咦咦？」

我下意識地把雙手藏到背後。

「那、那換成牽左手吧？」

「咦……那就是說，你是用右、右手做的嗎？」

「嗚呃！唔，嗯……因為我是右撇子……」

嗚喔喔喔喔喔喔——這段對話是什麼東西啦！

越說下去就越讓人害羞得想死啊！

「討厭，好羞恥……人家已經不知道該看龍斗的哪裡才好了……」

我的話似乎起了反效果，讓月愛的臉變得更加紅通通。兩人之間出現一種超越牽手的粉紅氣氛。

「…………」

因為害羞與後悔而暫時僵在原地的我這時深吸一口氣，試圖讓自己冷靜下來。

這裡不是大馬路，只是偶爾會有從車站出來的人經過的巷子，四周一片寧靜。磚牆的另一邊飄來味噌湯的香氣，讓人興起一股懷念的鄉愁。

我稍微恢復了冷靜。

「……呃，那個……月愛那種害羞的想法……會隨著時間解決嗎？」

聽到我這麼一問，月愛怯生生地點頭。

「大、大概吧……感覺只要多和龍斗待在一起就會沒事了。」

「那……我們以後多見面吧。」

我感到心癢難耐，想要做點什麼而清了清喉嚨後這麼說：

「那個……明天呢？妳有事嗎……？」

由於考完試後會放假到星期四，如果月愛沒有和朋友有約，應該就有空。

「啊……」

然而月愛卻望向空中，露出不好意思的表情。

「明天有點不太行呢，抱歉……」

「這樣啊。是山名同學嗎？」

「咦，不是……」

「要去美容院？」

「不是。」

我舉了幾個月愛常常預定的行程，但她只是一個勁地搖頭。

「這樣啊……那星期二呢？」

「呃……星期二也有點事。」

「啊，這樣啊。那就……星期三……」

「也不行……」

「是、是喔……難道說全部都是同樣的事？」

「……對、對呀……」

由於月愛只有這樣說，我也不知道她有什麼事。但如果繼續問下去，會顯得我好像是企圖掌握女朋友的一切，控制慾很強的男生。所以雖然有點在意，還是放棄追問。

「……那就，星期四？」

「……抱歉……」

「星期五……要上學，星期六我得去補習班……星期天呢？」

問到這裡時我已經不抱希望，不過月愛的表情就在此時亮了起來。

「啊，星期天……三點以後沒問題～」

「咦，真的？那一起去玩吧。」

我立刻開心地拉高了音調。

「話說那天是白色情人節呢，妳想去哪裡？」

一想到可能因為那天是白色情人節，月愛才為我空出半天的時間，就對她倍感憐愛。

「唔……看電影如何？」

月愛稍微煩惱了一下之後如此回答。

「電影？」

我複述了一次這個意外的回答。

之所以會有這種反應——

是因為我們剛開始交往時，當我詢問月愛第一次約會想去什麼地方——

「這是第一次的約……會，要不要去看電影……？」

「哦～？去那種地方好嗎？你有什麼想看的電影嗎？龍斗喜歡看電影？」

她這麼問我。

月愛看起來不像對電影有興趣的人，而且她還說過想看什麼作品就會在伯父訂閱的影音串流平台上看。

由於那樣的月愛說出「想看電影」這種話。

「妳有哪部想看的電影嗎？」

我理所當然會這麼問。

不過，月愛卻因此愣住了。

「唔，嗯……這麼說起來，現在有哪些電影上映啊？之後人家再查一查喔……」

「…………」

搞什麼啊！

我的腦中不禁冒出關西搞笑藝人的吐槽。

不過嘛，能夠和月愛約會還是讓我很開心，而且自己對看電影也沒有異議，所以我們大略商量了一下地點之類的事之後就此道別。

「……掰掰，龍斗。」

月愛在自家的玄關前揮著手，然後她突然像是想到什麼似的將視線投向半空中。

接著她快步奔向我，站到位於大門外的我面前。

「……？月愛……」

就在我不解她想做什麼，出聲詢問時——

眼前的月愛伸出雙手……

「……！」

輕輕摟住了我。

她只是戰戰兢兢地，稍微用兩隻手環抱我的身體，沒有讓雙方的身體貼在一起。那種抱法簡直就像帶著敬畏之心抱住神木似的。

「剛才對不起呢……？」

看到那張紅通通的臉，就知道月愛擠出多大的勇氣做出這樣的行為。

「人家真的很喜歡龍斗……所以請你等一等。」

當她以顫抖的聲音說到這裡時——

月愛的眼中落下了晶瑩剔透的淚水。

「怎、怎麼了？」

我不知道她為了什麼而落淚。嚇一跳的我離開了她的身體。而月愛也看著我露出驚訝的表情。

「不知道……」

她伸出手指拭去淚水，歪著頭疑惑地說：

「對龍斗說『喜歡』時，眼淚就自己流下來了……啊，又來了……」

月愛不斷擦著接連湧出的淚水，有點害羞地笑著。

「情歌裡有這樣的歌詞呢。真的就是那樣……『光是傳達出心意，就足以讓人落淚』之類的……」

月愛吸著鼻水，再次露出微笑。

稍微紅腫的眼角看起來好煽情。即使在戶外燈光偏橘色的照明中，她還是格外地美麗。

我感到心中充滿溫馨之情並對她揮揮手。因為如果不那麼做，自己可能就會伸出雙手抱緊她。

「……我很期待……星期天喔。」

當我微笑著這麼說時，月愛也瞇起濕潤的雙眼注視我。

「人家也是……」

啊啊，我真的好喜歡她。

在此之前就已經喜歡到無法自拔的程度。

但是自己好像又更喜歡月愛了。

以前我認為自己終其一生都不會說出「我愛妳」這種話。

不過現在稍微理解說這句話的那些男性們的心情了。

仰望天空，逐漸被雲層染成白色的朦朧夜空中看不到月亮。

「……月色真美呢。」

就算如此，我還是故意這麼說。

「咦，在哪裡？看不到呀？」

抬起頭的月愛疑惑地盯著天空。

「……在這裡。」

當我指向月愛，她這才恍然大悟似的笑了出來。

「月色是在說人家？龍斗也會說那種話呀。」

她的臉頰染上紅暈，害羞地微笑。

「那我走囉。」

「嗯，掰掰。路上小心喔。」

雙方朝彼此輕輕揮手之後，我便獨自踏上歸途。

即使落在腳邊的不是月光，而是路燈的亮光。

我的心仍舊如同滿月般充足。

第一·五章　露娜與妮可的長時電話

「唉～～」

『……欸，怎麼啦。看到妳狂叩，我才會打完工就立刻打過去。結果妳卻一直在那邊唉聲嘆氣。』

「唉～～妮可～～」

『所以妳到底怎麼啦？』

「人家現在很煩惱。」

『煩惱什麼？』

「之前不是說龍斗在旁邊時人家就會變得很奇怪嗎？」

『啊？妳那時說變成什麼樣？』

「就是心臟會狂跳，不敢看他的眼睛，也不敢牽手……」

『哦，就是戀愛嘛。所以呢？』

「妮可暗戀學長的時候也是那樣吧？那麼後來又是怎麼有辦法牽手的？」

『啥～？』

「人家真的很傷腦筋啦，拜託教一下！要是再這樣下去，人家就會傷害龍斗的心了。」

『…………』

「拜託了！教教人家嘛，妮可大人～～！」

『……噗！』

「幹、幹什麼？妳笑了吧，妮可？人家很～認真耶！」

『呵呵呵，沒有啦。都是因為妳現在聽起來像個國中生。妳的經驗值和戀愛技術完全對不上耶。』

「哎唷……」

『不過妳畢竟是第一次戀愛嘛。我懂那種感覺喔。』

「那麼……」

『我就認真回答吧。一開始都會害羞啦。妳試著忍住碰他試試看？「心動」會變成「心癢」喔。』

「咦？」

『光是牽個手，就會讓妳想做色色的事情喔。』

「咦？真、真假？」

『嗯，所以加油吧。』

「……感覺還是辦不到。」

『為什麼啦？』

「因為那樣最後不就會變成上床嘛！」

『咦？妳不想做嗎？』

「也不是啦……之前沒有跟妮可說過……人家其實……很像一條死魚。」

『呃，沒反應……是指那種意思的死魚？』

「嗯……所以人家在想，之前那些男朋友會不會是因為覺得很無聊，才會去找其他女孩子。」

『……妳都已經有那麼多的經驗，怎麼還會像條死魚啊？』

「因為人家沒有想做色色事情的感覺，沒辦法配合對方的情緒。」

『……露娜的確很缺少那方面的慾望呢。妳也沒有自己做過吧？』

「嗯……可是最近呢……」

『做了嗎？』

「只要一想到龍斗……有時就會想做。」

『只要妳有那種感覺，大概沒問題吧？到了緊要關頭的時候，妳可能就會變得和以前不一樣喔。』

「欸～～可是喔……」

『怎麼了？』

「龍斗他啊，可能覺得人家和很多男生有過經驗，技術很好，所以有很大的期待。伊地知同學也說過：『處男都想被經驗豐富的女生帶上床。』雖然小朱聽到就氣得發飆了。」

『啊～那個孩子還是在室呢。』

「果然是那樣？」

『應該是吧。我這個同類看得出來啦。就像優娜在說男友的時候眼睛會到處亂飄。』

「這樣啊。下次人家會觀察看看。」

『呃，我們剛剛在聊什麼？』

「就是龍斗是第一次，可能想被人家帶上床……但是現在這樣只會讓他失望啦～！」

『唉……』

「妳覺得該怎麼辦啊？妮可～」

『妳明知我的經驗值有多少，還要問我？』

「可是妮可不是懂很多嗎！有沒有什麼辦法啊？」

『……聽國中時的朋友說過，她是含歐樂●蜜C的瓶子當練習。』

「什麼意思～？練習什麼？」

『不是說過我現在人還在外面嗎！別讓我再說下去啦。』

「知道啦～！可是那樣做真的就可以不再是死魚了嗎？變飛魚？人家會變成飛魚嗎？」

『不知道不知道！我什～麼也不知道！』

「別那麼說嘛……」

『……話說回來喔，不想那麼多也沒關係吧？當死魚又有什麼關係，魚很好吃呀。』

「真的魚可能是那樣沒錯！但人家就是沒有自信嘛～！」

『……仁志名蓮曾經說過。』

「咦？」

『加島龍斗從國中時就是某個人的粉絲。好像叫KEN？是什麼玩遊戲的YouTuber。』

「哦……嗯，感覺有聽過。」

『這很厲害吧？他竟然能維持一種興趣兩、三年耶。妳的前男友裡面有那樣的人嗎？』

「唔……如果要找一直都是同一個社團的人，好像有。」

『參加社團活動有外來的壓力，那另當別論。在沒有受到他人強制要求的情況下，能夠維持純粹一種興趣的人，我覺得應該很有耐心喔。』

「可能吧～」

『所以露娜就算有點像死魚，他大概也不會因為這樣就變冷淡啦。』

「人家也是這麼想，就只是一點也不想讓他失望……」

『不會喔。我可以打包票，相信我吧。』

「……話說回來，妮可的美甲興趣也持續很久呢。從國中就開始了吧？」

『是啊是啊。所以妳已經見識過一直思念某個人不肯罷休是什麼樣子吧。雖然仁志名蓮挖苦我：「交往了卻又幾乎見不到面的男人到底有哪裡好？」就是了。』

「這樣啊……呵呵。」

『嗯？怎麼了？』

「沒事～只是感覺最近從妮可口中聽到仁志名同學名字的次數變多了呢。」

『那又怎麼了？』

「沒有啊～只是覺得你們的感情真好。」

『我們是朋友喔。畢竟我已經有學長了。而且他的考試也快結束了。』

「不過妮可和男生私下感情很好是很少見的事耶？」

『那是因為以前的男性朋友幾乎全都是衝著露娜來的啦。就像是為了和露娜打好關係，先把我搞定的感覺吧？』

「咦，是那樣嗎？」

『就是那樣～最近那樣的傢伙明顯不會再靠過來，輕鬆多了。反正和那樣的傢伙也沒必要私下打好關係，正所謂去者不留呢。』

「真有妮可的風格呢。」

『……相對之下，阿蓮卻會好好地看著我。』

「咦，等一下，妮可，妳現在會直接稱呼仁志名同學的名字了喔？」

『啊？這很普通吧。叫全名太長了。秀哉和海晴也是直接叫名字。雖然他們的目的都是露娜，現在已經完全沒有聯絡了。』

「那麼，現在妮可的男性朋友只剩下仁志名同學嘛。」

『露娜也是吧？有男生的ＬＩＮＥ群組最近完全沒有人說話了。』

「暑假過後就是這樣～大家都不聯絡了。反正人家有龍斗，沒什麼關係。可是一想到把對方當朋友的只有自己，就覺得有點孤獨呢。」

『男人就是那個樣子啦。他們不會和沒辦法交往，不給上的女生聯絡。』

「嗯～？這樣說起來，仁志名同學又是怎麼樣呢？」

『什麼怎麼樣？』

「他不是對妮可有意思才會和妳保持聯絡嗎？那真的算是『朋友』嗎？」

『…………』

「啊，妳說不出話了。」

『……可能只是我自認為我們是「朋友」吧。很心機呢。』

「妮可……」

『加島龍斗和妳的妹妹絕交了對吧？好厲害啊。人家就做不到……以現在這樣的狀況，人家沒辦法為了學長做到那種程度。』

「嗯，沒關係喔。抱歉，說了那麼難聽的話……妳現在這段時間已經很不好過了，要是連男性朋友都沒有，妮可會很難受吧。」

『……快結束了。學長說三月中旬就會公布結果。即使對阿蓮不好意思，但是等到學長考完試，我就沒有時間關注男朋友以外的人了。』

「是啊。真希望早點到那個時候呢，雖然仁志名同學有點可憐。」

『別擔心啦。那傢伙是個好人，應該很快就能找到其他對象。』

「這樣啊。那麼大家都能開心呢！」

月愛裝出雀躍的樣子開口，接著將視線移到桌上。她望向放在隨便亂擺的教科書最上面的英文文法課本，露出些許沉重的表情。接著她晃了晃頭，彷彿要把不好的想法趕出腦袋。

第二章

「妳在喝歐樂●蜜C呀？真難得耶，沒想到妳竟然會喝營養飲料。」

星期五結業式那天，在月愛桌上看到眼熟的某款棕色瓶子時，我不禁如此說道。

全體學生在禮堂完成儀式，回到教室後的這段時間裡，班上同學們充滿了喧鬧的氣氛。

「咦？會、會嗎？」

月愛不知道為什麼露出慌張的樣子。看來她到今天還是對我充滿害羞的情緒⋯⋯

「你、你看嘛，等一下不是要發回考試成績嗎？人家打算集中精神。」

月愛這麼說著，就拿起瓶子一口氣喝掉瓶裡剩下的飲料。

「先不說考試的時候，應該沒什麼人會在發回成績的時候集中精神吧。」

當我忍不住笑出來時，月愛害羞地漲紅了臉。

「是、是那樣嗎？人家是在發回成績時很拚命的那種人呢⋯⋯！」

就在這時，我注意到有一對嗨咖女生雙人組看著我們，好像有話想對月愛說。於是我準備回自己的座位。

「今天要一起回家嗎？」

臨走前，我姑且問了一下。月愛卻露出傷腦筋的表情。

「這個嘛～抱歉……」

果然還是這樣啊。反正我們可以在星期天見面，暫時先滿足於現況吧。

「知道了，給我吧。」

我對月愛伸出手，讓她愣了一下。

「咦？」

「瓶子。反正我會經過垃圾桶，幫妳丟掉吧。喝完了吧？」

「呃，不……不行！」

月愛突然很寶貝地把歐樂●蜜C的空瓶抱在胸前。

「咦？」

「人、人家得帶回家……」

「帶空瓶子？妳要用來做什麼？」

「用、用……唔！」

這時月愛的臉就像噴火似的變紅。

我以為她因為被發現重複使用空瓶子而感到羞恥，於是先幫她找了理由。

「啊，妳要用來插花之類的嗎？我在外婆家有看過，那個很不錯呢。拿掉標籤後看起來就不會像垃圾了。」

當我這麼一說，月愛才稍微恢復冷靜。

「是、是呀……就是那樣。那人家先拿去洗喔！」

她說得對。如果要拿回家，先洗一洗才不會把書包弄得黏答答的。

月愛小跑步奔向走廊，正在等待機會和她說話的嗨咖女生們也追了上去。

於是現場只剩下我。就在自己準備回到位子上時——

「欸，加島同學！」

谷北同學出現在眼前向我搭話。

同時露出前所未見的嚴肅表情。

「……怎、怎麼了，谷北同學？」

她上次擺出這樣的態度，是之前那次「爸爸活疑雲」的事了……正當我這麼想的時候，谷北同學望著走廊的方向，壓低聲音說：

「……你聽我說喔，小露娜這次可能真的出軌了。」

她果然說了這種話，並且對我招招手。

「我們去陽台吧，不然會被聽到。」

「我、我知道了……」

來到陽台後，谷北同學再次左右張望。雖然天氣很晴朗，但是三月中的室外仍然很冷。所以看不到包含其他班級在內的學生在這種不上不下的時間出現在陽台。

「小露娜最近是不是怪怪的？」

她的話讓我心悸了一下。

出軌之類的事八成又是谷北同學的誤會，但是我確實很在意月愛的奇怪態度。考試放假時她都因為有事而幾乎沒空，剛才提到歐樂●蜜C的瓶子時，舉止看起來也很怪異……

「……谷北同學，妳知道什麼嗎？」

聽到我的問題，谷北同學用力地搖了搖頭。

「什麼也不知道！所以我才打算跟蹤小露娜！」

「咦、咦咦！」

事情的發展和我想的不一樣。

「加島同學也一起來吧！否則就算真的找到出軌的證據，你也不會相信我的話吧？」

「呃……」

「因為你在爸爸活那次也不相信嘛！還好那只是誤會而已。」

谷北同學嘀咕了一句後望向我。

「所以你到底要不要去？」

「咦？」

「POWER————！」（註：日本男性健美運動員、演員、YouTuber兼搞笑藝人「中山肌肉君」的招牌搞笑詞）

在這句神祕的恫嚇之後，當我回過神時才發現自己被迫得在這天的放學後，尾隨跟蹤心愛的女朋友月愛。

◇

「小露娜最近都很難約，好過分喔。之前去澀谷的時候，小露娜不是想穿角色扮演服裝嗎？所以我就立刻跟朋友借我做的角色扮演服。但就算傳了『什麼時候有空？』的ＬＩＮＥ過去，她卻回『校外教學前沒空～抱歉』。這會不會太過分？而且就算問『有什麼事嗎？』她也只說『唔～有很多事啦！』之類的話。以前可能有說過，小露娜完全不肯對我透漏重要的事。瑪莉美樂轉學過來時，妮可好像一開始就知道她是小露娜的妹妹了。而且她也是第一個知道小露娜和加島同學交往的事。我卻是在全班都知道的時候才知道吧？我認同妮可是小露娜的好朋友。但老實說，我算是她僅次於妮可，或是再次等一點的好朋友吧？至少我是這麼認為的。結果她卻這樣待我？會不會太過分？加島同學，你這個男朋友怎麼看？」

從學校到車站的路上，谷北同學滔滔不絕地向我抱怨月愛的事。

「真、真是對不起呢……」

「啊？我沒有要加島同學道歉啦。男朋友又不是監護人。而且這種事要監護人道歉也怪怪的。沒有啦，我要問的是身為男朋友的你對小露娜的那種態度有什麼看法？」

「就算妳這麼問……」

月愛的確有時候會做出從我的角度看來很輕率的舉動，但是我知道她依循的是自己個人的行動方針，也知道月愛把谷北同學當成重要的朋友。就算隱瞞了重要的事，月愛也不會輕視谷北同學。就算對我隱瞞了某種祕密，我們之間建立起的信賴關係也不會讓我認為那是什麼出軌行為。

然而就算對谷北同學這樣說，應該也不是她想聽到的答案吧。

「不知道耶……我也不清楚月愛和谷北同學的關係……」

「啥？所以你覺得我在騙人囉？」

「不、不是，不是那樣啦。只是我覺得如果不先聽過月愛的說明，就沒辦法得知真正的狀況……」

「就是因為問了也得不到答案，才要跟蹤嘛。而且妹妹轉學過來，還有交了男朋友的事也都是她講了我才能知道啊。」

「……就、就是說啊……」

「你都已經知道這麼多，卻還做出那種反應嗎？加島同學真的很消極耶。」

「…………」

好、好累啊……！

如果跟這個女孩子交往，該不會任何一點小事都會被她罵得狗血淋頭吧……雖然不知道阿伊的感情能不能進展順利，但我已經擅自為他擔心起來。

應該說，月愛會不會就是提防谷北同學的這種多嘴性格，才會對她隱瞞重要的事呢。

我越來越這麼覺得了。

至於話題的主角月愛，她正在我視力勉強可及的距離獨自走在路上。因為這是跟蹤，本來還以為必須經常躲在電線杆後面，不過月愛毫無回頭往後看的跡象快步往前走，所以谷北同學和我只是很普通地走在後面。

「可是喔，谷北同學。跟蹤這種事真的……」

「啊，小露娜進車站了。她準備搭這班車吧。加島同學，我們快跑！」

「咦？」

當月愛的身影一消失在驗票閘門後面，谷北同學就急忙跑起來。

我一邊追著跑在前面的嬌小身影，一邊再度為她未來可能交到的男朋友感到同情。

◇

多虧跑了起來，我們順利地和月愛搭上同一班電車。那班車和平時沒什麼不同，是開往她家所在的A車站的電車。

然而──

「……她沒下車呢。」

即使抵達A車站，月愛也沒有下車。

谷北同學和我在隔壁車廂最旁邊的車門附近確認了這點。

正當我納悶著月愛打算搭到什麼地方時，她就在下一站……距離我家最近的K站乾脆地下車了。

「小露娜來K車站有什麼事呢？」

「不知道……看起來也不是來找我的……」

「啊，加島同學住這裡嘛。」

我們一面這樣聊著，一面走上階梯，跟著離開驗票口的月愛。

「是我家的方向……」

看著月愛離開驗票口後往右轉，走下圓環天橋進入站前商店街，我這麼自言自語。

月愛踩著堅定的步伐，走在我熟悉的道路上。

接著，她在某個地點停下腳步。

那是一間有著白色系別緻外觀的商店。如果不知道這間店的店名，應該就無法唸出放在店外的歐洲風格看板上，以書寫體寫的「Patisserie・Champ de Fleurs」幾個字吧。

「這裡是……」

──龍斗的媽媽每次端出的蛋糕更好吃呢。

月愛曾經提過的，我家附近的蛋糕店。

月愛推開門走進店裡。我隔著玻璃往店內望去，只見她打開寫著「員工專用」的門，消失在門後。

「…………」

我看看身旁的谷北同學，她驚訝地張大了嘴。

「……什麼嘛。」

接著發出洩氣般的聲音。

「既然是打工，早說不就好了！小露娜也真是的！」

谷北同學露出有點忿忿不平的表情，但隨即就像煩惱一掃而空似的轉為輕鬆的態度。

「那麼我就回家囉。啊，有朋友在車站前，順便過去看看好了！」

她這麼說之後就把我留在原地，自己則像一陣風似的離開了。

「呃，啊……」

連道別都來不及的我茫然地呆立在原地。

結果又被耍了……雖然只要當成我很普通地走在回家路上就沒問題了。

「…………」

不過話說回來……月愛竟然開始打工了。

而且還是在我家附近。

不管怎麼想事實都是如此，但我仍然有點不敢相信，就這麼一直站在店家旁邊。

這時，蛋糕店旁邊的門突然打開，月愛從裡面走了出來。

店的隔壁就是月租停車場，而員工用的側門出入口就面對那裡。站在停車場附近的我大吃一驚，連忙靠在店門口的玻璃牆旁邊。

「啊～喂，妮可？」

月愛開始講電話。對方應該就是山名同學。

趁著月愛沒有注意這個方向的時候，我溜到停車場看板的後面蹲下來。反正我家就在停車場的方向，打算等到月愛進店裡後就回家。

儘管我是被谷北同學強行拖過來的，跟蹤月愛的行為仍舊讓我有種做虧心事的感覺。雖然不知道她有什麼原因，不過既然月愛打算隱瞞打工的事，我認為別和她碰面比較好。

「嗯，沒問題～沒問題～。妮可還沒去打工吧？稍微聊一下嘛……對對，人家不想被學校的人看到，所以就光速衝過來了，結果來得比排班時間還早很多。人家問店家可不可以早點上班，對方說：『休息到上班時間吧。』」

月愛的聲音很響亮，就算不仔細聽也聽得清清楚楚。

「對呀～可是下週有校外教學，不就完全沒辦法排班嗎？剛開始打工就這樣有點不太好意思，所以人家覺得這週得多努力一點。」

看來這就是本週月愛沒有空的原因。

「完全不用擔心啦！人家就想給龍斗一個最棒的生日禮物嘛！」

聽到這句話，我才豁然開朗。

生日……我的生日的確是在這個月月底。因為考試、白色情人節和校外教學之類的活動太多，所以忘記了。不過月愛還記得以前我不知道在哪裡和她說過的這件事呀。

「龍斗一定會大吃一驚吧～！好期待喔！他還不知道人家在打工，絕對不會想到能收到那麼棒的禮物。」

我不禁將頭探出看板。

「龍斗會很開心吧……」

月愛的臉頰泛紅，浮現出幸福的微笑。

她應該是想像著我開心的樣子而露出那樣的表情吧。一想到這裡，就覺得月愛可愛得不得了。

「啊，真假？嗯，那人家就回去吃中餐吧。前輩說有蛋糕邊可以吃。再見啦～！」

這時，月愛匆忙地說完便掛斷電話。她和山名同學應該聊完了。

之後月愛又回到了店裡。

我望著月愛走進去的員工出入口，暫時沉浸在感動之中。

月愛開始打工了。

她打算用打工費準備生日禮物給我個驚喜。所以隱瞞了這件事。

如今知道真相之後，最近那種有點煩躁的心情，就像把拼圖正確地拼完似的穩定下來。

「……原來是這樣啊。」

我的臉上自然地洋溢笑容。

其實還想多看一下月愛工作的模樣。但是如果徘徊在店外盯著裡頭，就算不被月愛察覺，也難保不會被人報警檢舉，所以就放棄了。

月愛好可愛。

我真的好喜歡她。

因為學校中午就放學了，讓我肚子很餓。走回平時回家路上的腳步卻是無比輕盈。

在明媚的三月正午陽光底下，我帶著幸福的情緒回到家。

「……嗯？所以歐樂●蜜C的瓶子到底是用來做什麼的？打工應該用不到吧？」

唯有這點至今仍是不解之謎。

◇

接著來到星期天的白色情人節。

過了下午三點之後，我和月愛約在住家當地的購物商場見面，準備到位於最高樓層的電影院看電影。

「讓你久等了，龍斗……」

出現在電影院入口的月愛臉上微微泛著紅暈。

——讓你久等了，龍斗～！

如果是平時的月愛，應該會精神十足地跑過來給我一個特大號的笑容。不過那種突兀感還不是重點。

畢竟她今天最大的不同之處是——

「……那套衣服是之前買的吧？」

月愛穿了一件有著荷葉邊與蝴蝶結的白色女用襯衫，以及同樣是輕飄飄設計的粉紅色迷你裙。我已經忘記衣服的品牌，但還記得那是谷北同學在澀谷幫她搭配的服裝。

「嗯、嗯……會不會很奇怪？」

「唔……很適合妳喔。」

老實說，由於服裝的形象散發出不知道該說是超脫塵世還是角色扮演的氣質，周遭的人投注在月愛身上的眼神和平時不同，感覺比較像好奇的目光。不過那套衣服毫無疑問地很適合她。宛如專業角色扮演玩家所做的角色扮演，光是穿成那樣就營造出一種具體的世界觀。

「感、感覺怎麼樣？」

我明明已經回答了「很適合」，月愛卻還是忸忸怩怩地不斷偷瞄我。

這難道……意味著她想聽到我說些什麼話嗎……？

既然如此……

「……很、很可愛喔。」

我害羞地稍微壓低聲音回答。畢竟自己雖然是個性派時尚辣妹的男朋友，卻只是個穿著保守的大眾臉邊緣人，會很在意周遭的眼光而沒辦法盡情和她卿卿我我。

不過，月愛在聽到我的回答之後眼神為之一亮。

「呵呵……好開心喔。人家就是想聽到龍斗那麼說，才會買這套衣服喔。」

「咦？」

「龍斗，你喜歡這種打扮吧？」

穿著不習慣的服裝而感到害羞的月愛實在好可愛，讓我看傻了眼，忘記回答她的問題。

「……還有喔。」

月愛玩弄著耳邊的頭髮，難為情地說：

「人家從國二開始就一直染頭髮……不過最近也開始考慮要不要染回黑色。」

那句話讓我回過神。

「……妳、妳是怎麼了，月愛？」

以身為「辣妹」自豪的月愛竟然想把自傲的髮色染回黑色？

我難以置信地盯著月愛的臉，月愛則是害羞地垂下眼睛。

「……因為人家想讓龍斗更加喜歡自己嘛……想變成符合龍斗喜好的女孩子。」

「月愛……」

我開心得不得了。

好想緊緊抱住她。

我實在是太幸福了……

但是另一方面——

我的內心深處萌生了某種困惑的情緒。

「……我早就已經……很喜歡妳了，所以不用勉強自己也沒關係喔。」

但是因為拚命想對我表達心意的月愛實在太可愛。

此時的我只能說出這種話。

月愛挑選的電影是外國的愛情喜劇。故事大綱是一對經由工作而認識，性格正好相反的男女在不斷的衝突之中越走越近。當兩人攜手解決一件大難題之後，雙方終於意識到對方就是自己的最佳夥伴，於是成為了情侶。

我們所在的是空間不算大的影廳，裡頭坐了大約三成的觀眾。雖然眼前看得到人，不過前後左右都是空位，正好適合放鬆心情欣賞電影。

月愛和我共同享用一盒爆米花，盒子就插在兩人之間的飲料架上。當我一邊看著電影，一邊隨手拿取爆米花時，剛好碰到了月愛也要拿爆米花的手。

我在心中暗叫一聲不妙，但是因為這點小事而對她道歉也很怪，於是我默默地看了月愛一眼。

「…………」

黑暗之中，月愛的眼睛在電影亮光的照耀下閃爍。那雙眼睛正望著我，看起來就像是因為害羞而泛著水光。

最近的月愛很容易因為這點小事而感到害羞，這也沒辦法。就在我這麼想著，準備將注意力集中在電影上時——

肩膀上傳來「叩」的觸感。好奇地轉頭一看……

「……！」

只見月愛將頭靠在我的肩膀上。

為什麼……！她不是覺得很害羞嗎……！

當我開始這麼思考，心臟就加速跳動，注意力完全被左肩吸引過去。

那股不知道是花香還是果香的香氣變得越來越濃郁。即使盡可能不去在意，仍然能感受到月愛的存在。我努力讓注意力保持在電影上，然而所有神經卻還是集中於很久沒感受到的月愛的體溫，讓自己心跳加速。

月愛在那之後就一直依偎著我。

電影最後進入兩位成為情侶的主角浪漫相吻的場景時，我不禁感到在意，並且稍微調整坐姿。

這時月愛從我的肩膀上抬起頭，直直地望著我。

那對眼瞳中似乎搖曳著某種期待。

「…………」

難道……

可以吻她嗎？

雖然燈光很暗，這可是有其他人在的電影院……

就在我的心臟跳得飛快，小心翼翼地將臉靠過去時——

噹————！

室內響起震耳欲聾的旋律，讓我不禁愣住了。原來是電影正戲已經結束，開始播放工作人員名單。

「…………」

我看了看月愛，她也是一副被嚇到的表情。當我們對上視線時，她露出了夾雜著苦笑的微笑。

即使沒有成功接吻，看到月愛的笑臉，內心卻神奇地湧現滿足感。我就帶著這份暖洋洋的心情離開了影廳。

走出電影院後，我們在購物商場裡四處閒晃，最後在一樓的美食廣場吃晚餐。

在挑高三層樓的天花板底下並肩坐在木桌前享受的這頓飯，讓我有種不一樣的感受。

菜單上有烏龍麵、拉麵、漢堡排等各式各樣的食物可供挑選，而我和月愛則是同樣點了漢堡排套餐。就在我們兩人享用附有白飯與湯，感覺有點奢侈的晚餐時——

「咦～？白河同學？」

一位女子走到我們的桌子旁，向月愛搭話。

「啊，晚安！」

月愛連忙放下叉子。

本來還以為對方是我們高中的學生，轉頭一看才發現是我不認識的人。而且她看起來比我們還年長一點，應該也不是月愛的國中同學。那是一位看起來像學生，也像社會人士的年輕時尚女子。

「妳該不會正在和男朋友約會吧？」

「啊，是的……」

「看起來的確很溫柔呢～！」

女子情緒高昂地拍了拍手。

而我只能停下吃飯的手，愣在原地。

「白河同學今天也在吧？妳這週好像一直有來耶？才剛開始沒多久，真了不起呢。」

「啊，那是，呃……」

月愛慌張地看著我。

看到那副模樣，我恍然大悟。那位女子一定是月愛打工的蛋糕店「Champ de Fleurs」的相關人士。可能是職場的前輩吧。

雙方的關係應該是好到讓月愛告訴她有男朋友的事，卻還不到向對方透露自己打算給男朋友驚喜而隱瞞打工的程度。

「啊，不好意思打擾兩位約會了。明天妳會來嗎？」

「沒有，這週……」

「啊，對了，妳好像要校外教學吧？那就下週見囉～！」

女子可能發現月愛不太想繼續聊下去，於是沒多久就離開了。

「…………」

月愛偷偷瞧著我，露出尷尬的表情。看得出她正在慌張地思考：「該怎麼說才好……」

「……剛才的是誰呀？」

雖然我幾乎已經猜到答案，但如果不姑且問一問，就顯得太不自然了。

「呃，這個嘛……」

月愛一臉不知所措，撇開了眼神。

「……不、不知道……」

然後如此低聲回答。

「不知道？」

我知道月愛很不會說謊，但是這也太誇張了。不禁用力吐槽了一句。

她們明明很正常地對話，對方確實稱呼月愛「白河同學」耶。

應該說，既然選在可以從打工地點徒步抵達的購物商場約會，自然應該考量到會發生這樣的狀況。然而卻沒有先想好任何藉口。這點很有月愛的風格。

「……對方大概認錯人了吧？不過還真是神奇的巧合呢。」

由於一臉困窘的月愛實在太可憐了，我只好出手幫她一把。月愛這才鬆了口氣似的點了點頭。

「就、就是說呀。到底是怎麼回事啊。」

我看著仍然感到尷尬的月愛，打算換個話題，於是拿出背包裡的東西。

「這是白色情人節的禮物。」

那是一小捧花束。因為被人看到會有點難為情，於是我把花束稍微硬塞進背包裡，結果花有點被壓塌了。那束花是花店的店員以我提供的月愛照片為參考製作的，搭配的品味應該不算差才對。

只不過這是我有生以來第一次獨自買花，不免有點感到害羞。

「是花……」

月愛凝視收下的花束，口中自言自語。就在這時，我突然驚覺一件事。

「啊，抱歉，果然還是點心比較好？我已經想到這點，也有準備巧克力。」

接下來我拿出的是有著棕色光澤的紙袋，裡頭放了巧克力。就是情人節那天，我和月愛喝巧克力飲料那間店所販賣的商品。

「咦，謝謝……人家很喜歡那種巧克力喔！」

月愛張大了眼睛，一眨一眨地說著。

不過真正迷住她的看來是花束。

「……這可能是人家有生以來第一次收到男生送的花呢。」

她注視著由水藍色、黃色與淡紫色的花朵妝點而成的捧花，喃喃說著。

「是、是嗎？真是意外……怎麼會呢？」

感覺嗨咖型男們應該會經常送花給女朋友才對，還以為她很習慣這種事了。

「不知道。可能人家看起來不像那種人吧？辣妹和花束感覺就不搭。」

想了又想後，月愛這麼說道。

「花朵不都有種清純的形象嗎？比起人家，花更適合海愛那種類型的女生……小學時，海愛就曾經帶著男生從路旁摘給她的花回家……人家還記得自己很羨慕她呢……」

垂下眼睛，如此喃喃訴說的她看著手中的捧花，露出了微笑。

「……龍斗為什麼會選花當禮物呢？」

「咦，啊……」

突然被露出笑容的月愛這麼一望，讓我不禁結巴起來。

「沒有啦，之前月愛不是帶歐樂●蜜C的瓶子回家嗎？我在猜既然妳打算插花，可能很喜歡拿花當裝飾……啊，這束花可能插不進去，但只要拿一朵來插應該就沒問題了。」

「…………」

不知道為什麼，月愛紅著臉縮起脖子。

「……月愛？」

我疑惑地喊了一聲，她隨即抬起頭。

「沒、沒事……謝謝你。人家會把花裝飾起來喔……」

月愛用小得幾不可聞的聲音回答之後，將花束拿到臉前。

「……好香喔。人家好開心……」

她那張放鬆的表情上浮現天真小女孩般的微笑。

看到那張表情時，我突然這麼想——

她真像一捧花束。

既有如以鮮豔的色彩吸引他人注意的鮮花，也宛若滿天星那種脆弱又楚楚可憐的花朵。那些特色全部集合在一起，讓月愛這位女孩充滿了無比魅力。

無論哪一面，都是讓月愛變得更加耀眼的優點。

我看向捧著花朵開心微笑的月愛，心中如此想著。

◇

吃完晚餐後，我們離開購物商場。四周已是一片夜色。

在從K車站搭乘電車到A車站，接著護送月愛回家的路途中，我一直思考著在電影院發生的事。

「電影好看嗎？」

「嗯？很有趣喔～」

月愛爽朗地笑著回答。

電影結束後我們姑且交換了一下「很有趣呢～」、「有個美好結局真是太好了」之類的意見，然而月愛對那部電影似乎沒有什麼特別的感情。

「……妳為什麼會想看電影呢？」

我的問題讓月愛歪著頭想了一下。

「嗯……說來很不好意思，其實是因為人家想在你的旁邊。」

「咦？」

「還記得嗎？我們交往後，第一次約會時龍斗說：『既然是第一次約會，要不要去看電影？』人家那時侯不太能理解，還以為你是喜歡看電影的人，或是有什麼想看的電影。」

月愛一臉懷念地瞇起眼睛。

「其實並不是那樣吧。如果想要待在喜歡的人身旁……可是因為心跳很快，太過害羞不敢看對方的眼睛……但還是想靠近對方，看電影可能是最好的選擇。龍斗當時的想法一定是那樣吧……？」

「是、是啊……」

經她這麼一說，也許確實是如此。不過真要說起來，我只是提了個一般社會上最常見的首次約會行程建議，所以只能畏畏縮縮地點頭。

「好久沒有像這樣感受龍斗的體溫……感覺好溫暖，讓人家心跳好快。」

月愛的話讓我的心臟撲通一跳。

我想起了雙方在電影院對上視線時的事。

「…………」

距離月愛的家還有幾十公尺。我們靠著路燈的照明，走在整排木造平房的熟悉街道上。

我們之間的距離大約二十公分。由於害怕被拒絕，一直不敢主動碰她……

不過我下定決心，輕輕地將手伸向旁邊那隻白皙的手。

就在這時——

「……！」

月愛竟然主動抓住我的手。

與其說抓住手……正確來說，是勾住我的一根小指。

月愛勾著我的小指，強忍害羞般的低下了頭。

「…………」

感覺若是用力過猛，似乎會折斷她的指頭。我儘可能配合月愛的手搖擺，並將注意力全部集中在小指感受到的溫度上。

她明明就在身旁，我們卻只以一根小指觸碰彼此。

雖然這讓人感到無比心急又焦躁……

但是我很久沒有和月愛牽手走在一起了。光想到這裡，就讓心中充滿暖意。

真希望這條路可以永遠走下去。

然而現實並無法盡如人意。

我們沒多久就抵達了月愛的家門前。

「……明天要早起喔。很久沒有在五點多起床了呢。」

「就是說呀～因為要搭新幹線，可不能遲到。」

明天開始就是校外教學了。

「行李打包好了嗎？」

「還沒有～應該說，捲髮棒和化妝用品得到明天才能放進去。」

「那麼妳得早點睡才行呢。」

「…………」

我的話讓離開小指的溫度更令人依依不捨了。

月愛默默望著我的臉。

她的雙眼濕潤，臉上充滿憂愁……這可能是我自私的想法，總覺得她似乎在引誘我。

當我們彼此相視時，心臟就飛快地跳個不停。

「…………」

然而這裡是月愛的家門前。不算完全沒有人經過。不可能做出什麼大膽的舉動。

「那、那麼，明天見……」

當我以有點破音的聲音這麼說，月愛也回過神似的露出微笑。

「唔，嗯。明天見囉～」

她以爽朗的聲音回答，揮了揮剛才牽著我的手，接著將另一隻手中的花束舉到胸前。

「……希望這些花在人家回來之後還開得很好，得請奶奶幫忙換水才行呢。」

「啊，說、說得也是呢。」

明天她就不在家裡了，或許我不應該送鮮花。月愛對反省著自己不夠體貼的我露出放心的微笑。

「別擔心啦。人家今天晚上會拍很多照片。就算枯掉也可以做成壓花。話說做壓花好讓人懷念喔！上次做是幼稚園的事了。」

她以雀躍的聲音說著，將花束在面前晃了晃。

我猜她可能還不想回家。不過自己也有同樣的想法，所以很開心就是了。

「那麼，為了避免熬夜太晚睡導致明天早上起不來，我也得早點回家做準備了。」

「嗯……是啊。」

月愛癡癡地望向我，眼中閃爍著光芒。

「欸，龍斗？」

「嗯？」

「今天晚上的月色還是很美嗎？」

聽到她這麼問，我抬頭看了看。今晚的天空中仍然看不見月亮。

但是——

「……嗯，很美喔。」

聽到我這麼回答，月愛彷彿放下了心，露出開心的微笑。

「……好期待校外教學喔～！」

她留下這句話，便踏進玄關。

第二・五章　小朱璃與瑪莉美樂的線下聚會聊天

在東京都裡的某間咖啡廳內，兩名少女正在喝茶。

「……沒事的喔。冷靜一下，小朱璃。」

其中一名少女正在安撫趴在對面座位上的少女。她似乎很在意周圍的目光，慌張地左顧右盼。

「不行了～～真是受夠了————！」

被稱作「小朱璃」的少女不斷踢著雙腿，同時大呼小叫。

「我真是笨蛋笨蛋！伊地知同學明明都買了我選的衣服，那套衣服明明是珠穆朗瑪峰級地和他很搭，我為什麼還擺出那種態度啦～！除了參加阿宅活動以外，明明就一直想著伊地知同學，那套衣服也是因為妄想著『伊地知同學和這種衣服一定很搭～』才選的耶！」

小朱璃的哀嘆就像詠唱咒文似的滔滔不絕。

「真是的～～討厭啦～～！傲嬌女主角受歡迎的時代在二〇一〇年代前半就結束了耶！我明明知道現在不流行這套！可是一想到絕對不能讓伊地知同學發現我喜歡他，喜歡的感覺就被甩到另一邊去。回過神時才發現自己變成平成時代的傲嬌暴力女啦～～！」

「既然木已成舟，那也沒辦法了吧……在明天的校外教學挽回局勢吧？」

「怎麼可能挽回嘛～～！都已經變成那個樣子一次了，現在根本不可能做回普通的角色啦～～！」

「我也會出力幫忙，一起加油吧？」

「沒辦法啦～～～！應該說要是伊地知同學喜歡上瑪莉美樂就不好了，拜託妳別來幫忙啦——！」

這下子就算是「瑪莉美樂」也沒轍了。只見瑪莉美樂靠在椅背上，輕輕嘆了口氣。她鎮定下來，似乎已放棄在意周圍的目光，不管那麼多了。

「……伊地知同學真的沒有察覺小朱璃的心意嗎？」

「當然沒有啦！他嚇都嚇死了，而且還很逃避抗拒。我真是笨蛋笨蛋笨蛋～！真希望從出生的那個時候重新來過～～！」

「……伊地知同學太遲鈍了……小朱璃明明這麼好懂……」

瑪莉美樂嘆息似的喃喃說著，接著喝了口手邊的皇家奶茶。

第三章

隔天的星期一，我們私立星臨高中二年級的學生為了校外教學而在東京車站集合。

由於集合時間是早上七點，在銀之鈴廣場見到的同學們大多還是一副睡眼惺忪的模樣。

「早啊～妮可！」

「早啊～露娜。」

「話說小朱，那個行李怎麼回事？妳要出國嗎～？」

在如此的氣氛之中，月愛則是格外地有精神。妝容與髮型都很完美，和朋友有說有笑的她仍然一如往常。

「早啊，龍斗。」

那樣的她唯獨在面對我的時候會紅著臉，展現出羞赧的微笑。

「早安……」

我開始覺得這樣好像也不錯呢。

只有自己能看到不一樣的月愛。

一想到這裡就感到由衷的喜悅。

搭上新幹線後，老師就開始發作為早餐的便當。

與阿伊和阿仁（他跟我們班的人換了座位）坐在同一列位子的我很快就拿到早餐。

「我要開動了。」

這個時候——

「不行……現在吃飯我會吐……」

坐在靠走道位置的阿伊虛弱地發出呻吟。

為了完成KEN交代的建築作業，阿伊昨天竟然一整晚都沒有睡。

「真是不像話啊！那我就吃掉阿伊的份囉。」

坐在窗邊的阿仁邊說，邊拿走阿伊的便當。

「一大早就吃兩個便當？沒問題嗎？」

「可以啦！還在成長期呢。我可是打算再長高十公分！」

阿仁的情緒從早上開始就很高昂。他應該很期待和山名同學一起參加校外教學吧。阿仁雖然是其他班的學生，卻使用各種手段，打算在自由時間以外的行程也混進我們這組。

「阿伊就放心睡覺吧！到了京都後我會叫醒你。」

「到了才醒來會來不及下車啦……」

阿伊一邊吐槽，一邊靠在已往後傾倒十度的座位，閉上了眼睛。

「嗯。我會早一點叫醒你，所以真的睡著也沒關係……喔？」

我的話還沒說完，阿伊就已經發出鼾聲了。

「太快了吧……」

然後阿仁則是疊起兩個便當，開始吃飯了。

「我要多吃一點，長得比阿伊還要高大！」

「小心吃太快會長胖喔。」

這番對話過了十幾分鐘之後。

「嗯。吃太多了……好難過……」

我就說吧。

阿仁捂著嘴，眼神空虛地望向窗外。

簡易餐桌上擺著一個空的便當盒，還有另一個吃掉八成的便當。

「別逞強啦。阿仁跟阿伊不一樣，原本就不是大胃王嘛。」

「嗚……到底是很會吃才變大隻，還是變大隻之後才很會吃呢……」

阿仁一邊說著先有雞還是先有蛋的發言，一邊把眼淚往肚裡吞。

「嗚噁！」

「哇，別吐啊！拜託你到廁所前先忍住～！」

「我很想忍，可是阿伊擋在那邊，過不去啦！」

「求求你，別吐在我身上喔！」

「嗚噁噁噁。」

「喂，仁志名！你怎麼又出現在A班！」

由於太過吵鬧，結果被老師逮到了。於是我們的校外教學就在一片混亂之中揭開序幕。

◇

中午抵達京都之後，我們先到車站附近的的住宿飯店吃午餐。

今天整天都會以小組為單位集體行動。吃完午餐後我們參觀了東寺與東本願寺，之後再入住飯店。

我們入住的是京都車站附近的現代化大型飯店。雖然我隱約有種校外教學時就該住傳統旅館的印象，不過根據旅遊手冊上的資訊，這次我們似乎都會住在這樣的飯店。

在宴會廳吃晚餐時，我對使用紙鍋的涮涮鍋興奮不已，還發現自己討厭吃的豆腐皮其實意外地美味，享受了一頓旅途美食。

就在晚餐後回到房間，洗完澡準備就寢的時候——

門口傳來敲門聲。

我本來以為是錯覺，沒放在心上，不過隨即又傳來一陣敲門聲。於是疑惑地走到門前。由於同房的阿伊正在洗澡，現在只有我能應門。順帶一提，飯店房間是依照組別分配，所以我和阿伊兩個人住一間房。至於阿仁也不至於會跟到房裡。

「嗨，加島龍斗。」

當我一打開門，就看到山名同學笑嘻嘻地站在眼前。她穿著制服，應該還沒有洗澡吧。

「你現在如果來女生房間，可以看到很有趣的東西喔。要不要來一下？」

「咦？」

女、女生房間？

我好想去……應該說，其實從剛才就一直想著「月愛應該正在沖澡吧」，整顆心早已飛到女生房間那邊了。

「是什麼東西很有趣呀……？」

「來了就知道，跟我來。」

山名同學留下這句話，隨即瀟灑地轉身回到走廊上。

「呃，那個……」

我沒時間通知阿伊，只能頂著濕漉漉的頭髮，穿著睡覺用的T恤和運動褲，踩著啪搭啪搭響的飯店脫鞋追在山名同學背後。

女生房間位於男生房間的樓上。由於整層樓都被包下，到走廊上準備去朋友房間的學生也都只有女生。我這個男生光是走在那裡，就因為感受到悖德感而心跳加速。

這裡和只有一部分嗨咖集團玩得很瘋的男生樓層不同，每個經過的女生房間裡都傳出了愉快的聊天聲。而山名同學就在其中最吵鬧的房間前停下腳步。

「就是這裡了……」

就在她如此說著，推開房門時——

「討厭～我要去外面的廁所把衣服換掉！」

「哇！」

裡面的人衝了出來，撞進我懷裡。

「呀啊！」

一股淡淡的甜香撲鼻而來。對方的肌膚觸感柔軟。而那接近金色微卷的茶色頭髮……

有一瞬間，我以為她是月愛。然而定睛一看……

「黑、黑瀨同學？」

「加島同學？」

被我抱住擋下的人露出吃驚的表情，急忙離開我的胸前。她的臉頰紅通通的。

「黑瀨同學……那個模樣是……？」

雖然我因為被撞到而感到慌張，然而最令我驚訝的是她的打扮。

黑瀨同學打扮成過往辣妹的造型。她穿著和我們學校款式不同，裙子短得幾乎能看到內褲的水手服。充滿皺摺的泡泡襪。手腕上戴著扶桑花圖案的髮圈，還有那頭顏色誇張的頭髮……不管怎麼看，那身穿著都與平時的黑瀨同學相去甚遠。

「這、這是……」

黑瀨同學紅著臉渾身顫抖。她大概沒想到會被男生看見吧。雖然我根本看不到裡面，她仍然害羞地壓住裙子的前襬。

「那是我跟媽媽借的學生制服啦！我覺得要是給瑪莉美樂穿，應該會很有意外性～」

房間裡傳出了谷北同學的聲音。

往屋內一看，裡頭和我那並排擺了兩張床的房間不同，是和式房。應該是因為這裡是四人房吧。

鋪了被褥的榻榻米上散亂地擺著假髮與衣服。

我這才搞懂狀況。

八成是月愛在旅行前湊不出玩角色扮演的時間，所以在這次校外教學把約好要穿的角色扮演服裝帶來玩。終於明白谷北同學為何會帶一個與她嬌小身材不相稱的超大行李箱。

這麼說來，月愛也做了什麼角色扮演吧……？

看到一邊這麼想著，一邊探頭打量屋內的我，谷北同學露出笑嘻嘻的樣子。她和山名同學一樣仍然穿著制服。

「加島同學，小露娜在這邊喔。」

就在這時，有個人影從屋子裡……就是從走廊看不到的死角處緩緩走出來。

「該不會是龍斗吧……？」

一看到出現在眼前的月愛，渾身立刻感受到彷彿心臟被射穿的衝擊，這麼說並不誇張。

月愛身上裹著純白的連衣長裙。雖然衣服的設計很簡單，不過大大的衣襟與微微張開的裙襬讓她看起來就像一位偶像明星。

然而更加吸引我注意的是——

她那頭黑色長直髮的髮型。

「…………」

就算知道她是戴著假髮，那副模樣仍讓我看傻眼，一句話也說不出來。

或許是因為斜斜的瀏海，讓她的大眼睛看起來比平時更有魅力。而與黑髮形成對比的白皙肌膚更彷彿散發出晶瑩剔透的光芒。

如果世上有這樣的偶像存在，我一定會成為她的粉絲。

「那是乃木坂的服裝喔～！朋友要在校慶的舞台上表演，所以就拜託我做衣服。」

谷北同學得意洋洋地說明。

「很不錯吧～？這樣的小露娜感覺怎麼樣？」

月愛似乎很害羞，只見她移開視線，渾身扭來扭去。

「唔、嗯，很可愛……」

「……！」

聽到我的回答，月愛的臉變得更加殷紅。

真的好可愛。雖然這是第一次見到如此完美的清純型月愛，卻一點也不會感到突兀。搭配那種乖巧的模樣非常適合，看起來就像她原本就是那樣的女孩。

老實說，完全正中我的好球帶。

好想緊緊抱住她。只要沒有別人在看，肯定會立刻當場行動……

這時，跑到走廊上的黑瀨同學準備回到屋內。

「真是的，月愛自己穿不就好了。為什麼連我都得奉陪……我去換衣服囉！」

不過山名同學則是一把拉住了她。

「先等一下嘛。機會難得，要不要拍張照？」

「對呀～！就當作是校外教學的紀念，紀念啦♪」

谷北同學說完便拿起手機。

「什麼紀念啊！和校外教學根本沒關係！」

「啊，不錯喔～！人家想和海愛一起拍照。」

月愛立就露出興致勃勃的樣子，搭上妹妹的肩膀。

「等、等一下……什麼拍照啦。」

「就說是紀念嘛♪」

打扮成光鮮亮麗辣妹的黑瀨同學被清純少女模樣的月愛纏上，變得畏畏縮縮的。雖然這種構圖和平時一模一樣，兩人的外表卻顛倒過來，別有一番趣味。

「來～看這裡喔！」

谷北同學趁這個時候拍下兩人，山名同學也笑嘻嘻地看著她們。

看到黑瀨同學與月愛以及月愛的朋友們澈底打成一片的樣子，我不禁感到心頭一熱。

從月愛與黑瀨同學交換服裝之後的模樣，看得出她們的長相非常相似。不僅是單純的外表，還有由內而外的氣質，或者該說是氣場……就是某種強大的生命力。

不知道月愛的那種特質是與生俱來的，還是以前她形容自己有如水母般在命運中隨波逐流時產生的堅強意志。

不管是好是壞，我的人生一路走來平靜無波。所以會受到具有那種堅強特質的人吸引。世上的可愛女孩子大有人在。不過現在回頭想想，好像稍微能理解自己為什麼會對這兩個人告白了。

月愛說戀愛講求時機。但如果形勢有點不同，我可能就不會與月愛交往，而是和轉學過來的黑瀨同學交往（不過在那種情況下，黑瀨同學會不會喜歡上我也是很難說的事）。

但是我選擇了月愛，與她交往。

那樣的選擇或許是不可靠的命運在偶然間造成的，但是現在的我對這個結果相當滿足。想和月愛白頭偕老。

我再次確定了這份感情堅定不移，並且微笑著在一旁觀看那對姊妹一邊打鬧一邊拍照的模樣。

就在這個時候——

「好了，已經到熄燈時間囉～！呃，加島同學？你在做什麼，趕快回去男生房間！」

「抱、抱歉！」

A班的導師出現在走廊上，我連忙轉身就跑。

「還有黑瀨同學、白河同學？那個打扮是怎麼回事！」

「睡、睡衣啊……？」

「胡說八道！」

老師對打算用微笑蒙混過去的月愛狠狠地吐槽。

「妳們該不會還沒洗澡吧？」

「我、我洗過了！但是洗完澡後發現衣服被藏起來，只能穿成這樣……！」

黑瀨同學淚眼汪汪地解釋。

「欸～可是瑪莉美樂妳還不是很起勁地在鏡子前戴上假髮？」

「既、既然都已經到了這個地步，也只能陪妳們玩下去了吧！」

看來是那麼一回事。

知道黑瀨同學玩角色扮演也玩得很開心後，我就鬆了口氣。

「放輕鬆點嘛，老師。精神那麼緊繃會影響膚質喔？我習慣在早上洗澡，所以等一下就睡了。」

山名同學沒大沒小地搭著老師的肩膀，讓年輕的女導師張著嘴說不出話來。

「少廢話，趕快關燈——！」

在走廊看完這幕之後，我就匆匆下樓回到男生樓層。

◇

隔天也是以小組集體行動。我們從飯店坐巴士出發，參觀了三十三間堂與清水寺等東山區的景點，下午則是快速參觀金閣寺與銀閣寺。

抵達景點時，各組會分別聚在一起對照綜合課時事前預習的資料，並進行參觀。

阿仁今天也理所當然地混進了我們這組之中。

我們先到的三十三間堂是重建的後白河上皇的寺院主殿，裡頭收藏了一千零一尊千手觀音像。這是我們在事前預習中學到的大略資料。

走進裡頭，可以看到狹長的廳堂中確實排列著無數尊千手觀音像。這些木雕佛像全都是由人工雕刻而成，每一尊的臉都不太一樣。

「聽說這裡面一定會有一尊佛像和自己想見的人一樣對不對？不知道有沒有長得像我們的佛像呢？」

月愛一邊說著，一邊像找人似的來來回回觀察佛像。

「龍斗是那尊吧？長得很溫柔的樣子。」

「是、是嗎？」

雖然看不太出來哪裡像，不過聽到月愛如此形容還是讓我感到很開心。

「人家像哪一尊呢？」

「嗯……」

我望向四周的佛像，發出沉吟。那些成排的佛像就像階梯，越後面的位置越高，但是因為會被前面佛像的光暈狀圓環擋住，廳堂內又很陰暗，讓人看不太清楚後面佛像的細節。

「是不是那尊？」

這時黑瀨同學靠到月愛旁邊，指著一尊佛像。

「看起來和小時候月愛的睡臉很像。」

「啊，這麼一說，可能很像喔！」

我不知道她們說的是哪一尊，不過月愛已經為找到佛像而開心不已。

「那麼海愛就是旁邊那尊囉。」

「咦～我的臉有那麼圓嗎～？」

黑瀨同學笑了。

那種姊妹和樂相處的的樣子溫暖了我的心。

「呃～我是哪一尊呢～？」

谷北同學則是在附近找來找去。剛好就在我附近的阿伊指了指他看到的神像。

「……不就是那個？」

他以只有我能聽到的聲量如此說道。

我朝那個方向找過去，就看到前面站著一尊臉上浮現憤怒表情的阿修羅王像，不禁笑了出來。

「誰、誰是阿修羅啊～～！」

以恐怖的順風耳聽到那句話的谷北同學對著我們露出呲牙裂嘴的表情。

「不、不是啦，是後面的那尊佛像……」

阿伊連忙辯解，然而谷北同學已經聽不進去。

「你算老幾啊！別以為有點高又很帥，就覺得自己了不起！」

「就說不是了嘛……」

「不要吵，谷北！伊地知！」

結果被附近的男老師罵了。

「為什麼我要跟著被罵……」

很怕別人生氣的阿伊明顯變得很沮喪，感覺有點可憐。

一旁的山名同學則是向阿仁搭話。

「阿蓮，你找到長得像自己的佛像了嗎？。」

「沒有。老實說我覺得看起來都長一個樣……」

回話的阿仁看起來不怎麼緊張，兩人之間瀰漫著輕鬆自然的氣氛。

我有點吃驚，他們的關係什麼時候變得這麼好了？

「哪一尊像我呢～？」

山名同學自言自語般的問道。阿仁突然垂下頭。

「……全都不像喔。」

如此喃喃說著的阿仁剛好與山名同學對上視線。

「笑琉長得更漂亮。」

他害羞地回答。

「……啊，這樣喔……謝謝～」

山名同學也紅著臉簡單回應。

「我、我們去看看那邊吧，阿伊。」

感覺自己好像看到某種不該看的場面，於是催促阿伊離開現場。

參觀完三十三間堂之後，接下來輪到清水寺。

「哇啊，好高喔～！」

從有點距離的位置眺望清水舞台的月愛大聲喊著。

「好猛～！欸欸，海愛也來看看嘛。」

月愛興奮地把黑瀨同學推到前面。

「不用妳說，我也看得到啊。」

開心得像個小孩似的月愛讓黑瀨同學露出有點傻眼的微笑。

「真的好誇張喔～！感覺可以玩高空彈跳耶～！」

「可是扶手是木頭做的，搞不好會斷掉喔？」

「那不就是有去無回的高空彈跳大冒險嘛～」

谷北同學和山名同學這麼回答，讓月愛笑了出來。

「啊，那還是算了！」

我們男生則是在氣氛融洽的女生旁邊按照身高排排站，將手擺在木頭扶手上觀看舞台。

「阿伊有辦法在脈塊裡面做出這種建築嗎？」

「應該可以吧？下次試試看做和式建築好了。」

阿伊如此回答阿仁。

「真不愧是建築專精玩家。」
我懷抱著尊敬的心吐槽他。
接著身旁的阿仁壓低聲音說：
「……不過這裡比我想得還要高耶。往下看的時候還滿恐怖的……」
就在這個時候，山名同學偷偷溜到往正下方看的阿仁後面。她對我使了個眼色，隨即用力推了阿仁一把。
「哇！」
「嗚哇啊啊啊！」
阿仁大叫一聲蹲了下去，還差點跌倒。
看到阿仁的那副模樣，山名同學笑著說：
「怎麼，你怕啦？」
「才、才沒有！」
「你該不會怕高吧？」
被山名同學這麼一問，蹲在地上的阿仁就垂下了頭。
「小學時我曾和家人去遊樂園搭雲霄飛車。結果發生故障，被卡在頂端三十分鐘……」
這件事我也是第一次聽到。

「嗯～」

嘴巴扁成倒「V」字的山名同學這時開口說道：

「誰都有不擅長面對的東西嘛。就像我超討厭蟲子。」

聽到那句話，阿仁振作起精神站了起來。

「真假？好意外～！下次我去百圓商店買個蟲子玩具塞在妳桌子抽屜裡吧。」

「啥？你想被宰嗎？」

山名同學露出暴怒的表情，阿仁卻一臉無所畏懼地笑著。

雖然我還不太熟悉山名同學，不過她這種與別人拉近距離的方式和安慰他人的方法，感覺和關家同學很像。他們之所以沒有交往很久卻如此相似，可能是因為雙方的性格原本就差不多吧。那麼兩人會彼此互相吸引也是很自然的事。

說到關家同學……我在心裡想著。

考試的最後結果差不多該公布了吧。我要他得知上榜後立刻通知，然而到現在卻遲遲沒有聯絡。這點讓人有點在意。

看著感情融洽地吵吵鬧鬧的阿仁與山名同學，我想起兩人在三十三間堂的相處狀況，心中感到有點煩躁。

就在清水寺的參觀行程結束，準備回到巴士停車場集合時——

「欸欸，那是『結緣神』耶～！」

月愛指向一座石頭階梯的上面。那裡有個石造鳥居，並且以紅色的字體大大地寫著「結緣神」三個字。

「地主神社？之前沒有查到那裡的事呢。」

「要不要去看一下～？」

月愛向大家徵求意見。山名同學則說：

「妳已經不需要結緣了吧？」

「可是妳不會想買個和男朋友成對的護身符嗎？」

聽到那句話，山名同學似乎也心動了。

「那就去看一下吧。京都的護身符可能很有效呢。」

「喂、喂。別亂跑吧？」

阿仁不知所措地說著。

「沒關係啦，只要在集合時間之前回去就好了。」

樂觀地如此回答的山名同學一馬當先走過去。於是我們就順道去了一趟地主神社。

「有護身符耶～！」

大家參拜完神社之後，月愛就來到旁邊的商店。

「啊，這套兩個一組的護身符說明是『培育愛情』耶～！人家就買這個吧～」

「我買這個吧。上面寫『讓因為家庭狀況、課業或工作而聚少離多的兩人的心繫在一起的鈴鐺護身符』。」

山名同學也看著展售區這麼說。

「很適合妳嘛！不過你們很快就會在一起了吧？」

「可是學長就算考上大學，感覺也會因為念書忙得沒時間。」

看到兩人都拿了護身符，我對月愛說：

「妳要買那個？我來出錢吧？」

「啊，沒關係啦！反正是人家要的。」

「可是……妳會給我其中一個吧？」

如果不是那樣，我可是會大受打擊。

「嗯……那就各出一半吧？」

「好啊。一份是一千圓，那就各出五百圓吧。」

於是月愛和山名同學都順利買下護身符。這時我看了看四周，發現阿伊正獨自在一個檯子上寫著什麼。

「你在做什麼？」

「這叫人形祓。我想去除厄運。」

他的表情非常認真。

阿伊拿的是一張裁切成人形的白色薄和紙。上面以阿伊的字寫著姓名與年齡等資料。

他對著紙人吹了三口氣，接著擺在旁邊木桶裡的水上。

紙人很快地從手腳開始溶化，在水裡分解四散。

阿伊沒有看著紙人，而是雙手合十閉上眼睛。感覺他很認真。

「……那是用來去除什麼厄運？」

被他那種認真得令人毛骨悚然的樣子嚇到的我如此詢問。阿伊則是繼續閉著眼睛，維持祈禱的姿勢。

「我希望斬斷與怪女人的惡緣，交到可愛的女朋友。」

他偷偷瞥了正在與黑瀨同學開心聊天的谷北同學一眼。

「……這、這樣啊。」

谷北同學開始被稱作「怪女人」了……！

雖然以現在這種狀況，她的確像個怪女人……

我回想起她在澀谷與三十三間堂的樣子，不得不感到認同。

不過太好了。阿伊之前明明說過不需要戀愛，現在看起來仍然想交女朋友。

其實自從阿伊瘦下來之後，經常可以在教室裡的女生們身上感受到「話說伊地知同學也不算差嘛……」那樣的眼神。但因為阿伊實在太過邊緣人，還有谷北同學散發的壓力太過強大，誰也不敢靠近他。順帶一提，谷北同學是阿伊粉絲的事，除了阿伊以外大概全班都知道。沒有傳進本人耳裡簡直不可思議。

「小露娜，買好了嗎？回到集合地點吧～」

而當事人谷北同學則是呼喚月愛和山名同學。就在女生們重新集合，準備離開時——

「這是戀愛占卜石耶～」

月愛注意到一旁的石頭。那是一顆高度約到膝蓋的粗糙岩石，上面掛著寫有「戀愛占卜石」的牌子。仔細一看，不遠處也有顆同樣的石頭。

「上面寫只要閉著眼睛從這顆石頭走到那顆石頭，戀情就能實現喔～」

山名同學讀完牌子上的說明後這麼表示。

「這樣啊。小朱，妳來試試看嘛～！」

「咦，為什麼是我？」

被這麼一問的谷北同學望向月愛與山名同學。

「哎呀，因為我們……」

「姑且都算是實現戀情了嘛。」

「咦～～！那瑪莉美樂也來嘛！」

谷北同學轉過頭去，黑瀨同學則是輕輕一笑。

「我就不用了。反正也沒有需要占卜的戀情。」

黑瀨同學說完之後，有一瞬間和我對上視線。讓我的心臟猛跳一下。

不過，她的笑容裡既沒有失落的情緒也沒有嘲諷的意思。彷彿在對我說：「不用在意，我沒事。」

……雖然這可能只是我自以為是的看法。

黑瀨同學也在往前邁進呢。

一想到這裡，我也露出些許笑容。

在這段時間裡，谷北同學似乎開始獨自做起戀愛占卜，閉上眼睛走了起來。

然而——

「……小朱不太妙吧？」

「她的平衡感有問題吧？」

正如月愛和山名同學所說，谷北同學根本沒辦法走直線。不管是誰都看得出她的步伐明顯是歪的。

「喂，小朱，右邊！右邊！」

「啊～走過頭啦！往左邊一點！」

「咦～？討厭——到底是怎樣啦——！」

「欸，這話應該是我說才對吧！」

谷北同學慌亂地喊著，山名同學則是立刻吐槽她。

不過是距離十公尺左右的石頭，感覺竟然如此遙遠。

聽從月愛她們指示的谷北同學走得左晃右晃，好不容易終於靠近站在終點石頭前的阿伊和我。

「小朱，右邊！」

就在月愛對斜著走過來，差點就要撞上我們的谷北同學大喊的時候——

「咦？」

由於谷北同學忽然轉個方向，讓她的腳尖踢到石頭地板的突起處。

「！」

「小朱，危險……！」

谷北同學的身體猛然往前傾倒，眼看著就要摔倒。

剛好就在她眼前的阿伊反射性地伸出手。

「啊！」

阿伊撐住了谷北同學的肩膀，總算沒有跌倒。

「……沒、沒事吧？」

阿伊小心翼翼地如此說道。

聽到那個聲音後，谷北同學張開了雙眼。當她看到眼前的阿伊，立刻露出大吃一驚的表情，眼珠子差點就要掉出來了……

「～～～～！」

她漲紅了臉，猛力推開阿伊。

「你、你做什麼啦！害我眼睛張開了！還沒走完耶！」

「咦，可、可是……」

阿伊看起來一臉不知所措。這也是當然的。

若是有人在眼前差點摔倒，無論是誰都會立刻伸手扶一把吧。就算在谷北同學面前的是阿仁或我，應該也會做出同樣的反應，當然其他女生也不例外。不如說如果有誰不伸手而是躲開，反而會懷疑那個人有沒有人性。

然而這些想法對目前的谷北同學似乎都不重要。

「你、你這傢伙是怎樣啦！不但身材高挑長相帥氣很會玩遊戲，還對女孩子很溫柔？你

這個男人真的很差勁耶！」
「那些地方哪裡差勁啊。」
「她根本不是在罵人嘛。」
月愛和山名同學傻眼地看著她。
「伊地知同學被誇成那樣，怎麼會還沒有察覺啊……」
另一方面，阿伊則是滿臉沮喪。
「除厄儀式一點也沒用嘛……浪費我兩百圓……」
他輕聲嘀咕著。
總而言之，雖然不知道谷北同學的戀愛占卜結果如何，我們再次準備離開。我走向獨自離得遠遠的阿仁，向他喊了一聲。
「阿仁，你在做什麼？」
「哇啊！」
背對著我的阿仁嚇了一跳，整個人彈起來。
「嚇死我了，是阿加啊。」
阿仁站在掛滿參拜遊客寫的繪馬架子前。看起來正在綁自己的繪馬。
「你寫了繪馬啊？」

聽到我這麼問，阿仁立刻退了一步，把自己綁的繪馬藏在身後。

「不可以看喔？絕對不可以看喔？」

「那是很想讓別人看的時候才會講的話耶！」

「我真的不想讓別人看到啦～～！」

「知道啦。」

我猜內容八成與山名同學有關，不過看到阿仁那麼緊張的模樣，也就不再追究下去了。

於是我們回到集合地點。

◇

在清水寺附近吃過午餐後，我們搭乘巴士前往金閣寺。

「金閣好猛～！金光閃閃耶！太上鏡了吧！」

「月愛，要不要拍張照片？」

「海愛也一起來拍吧～！啊，不如大家一起拍好了～？」

「沒辦法吧？拍得進去嗎？啊，小朱好像買了手機的廣角鏡頭？」

「嗯，現在就裝著喔！好了，大家靠過來～！」

「我、我們也要嗎？」
「嗯，龍斗你們都過來吧！」
「阿蓮，過來這邊～」
「……喂！你太高了，應該蹲下來吧？」
「這、這樣嗎……？」
「唔，別擠啦！膝、膝蓋碰到我了！」
「抱、抱歉……唔。」
「你真是個差勁的男人耶～！」

結束喧鬧的金閣寺參觀行之後，我們再搭乘巴士來到銀閣寺。
「銀閣寺好普通～！根本不是銀色的嘛！」
「事前預習時就知道銀閣寺不是銀色了吧，月愛……」
「可是未免太普通了！看過金閣寺之後就更讓人覺得沒特色。」
「只要多加一點濾鏡修得好看一點不就好了？」
「啊，不錯喔，妮可！改成粉紅色吧。」
「那不就是粉閣寺嘛，太好笑了。」

「龍斗，你們要不要拍～？」

「不、不用啦。剛才已經拍過了。」

「不想被修成粉紅色……」

「我也不想再被罵了……」

於是今天的觀光就此結束。我們搭巴士回到飯店，結束校外教學第二天的行程。

◇

第三天是待在京都的最後一天，整天都是小組集體行動。學生將會分成各個小組，參觀在綜合課的時間預習的歷史相關景點。

我們計劃上午前往伏見稻荷，下午參觀嵯峨野的神社與佛寺。

伏見稻荷位於交通便利的位置，從京都車站坐電車約五分鐘左右即可抵達。

「哇～好厲害喔！」

經過主殿之後，眼前就出現一整排可說是此地代名詞的千本鳥居。色彩鮮豔的朱紅色鳥居一路延伸。面對這種超乎想像的驚人景色，不只是月愛，我們所有人都發出了驚呼聲。

「會不會太猛了?到處都很上鏡耶。」

「妮可，站到那邊～!瑪莉美樂也是!」

「好喔～」

「咦，這、這樣嗎?」

「OK!」

女孩子們很快地就埋頭於拍照之中。

千本鳥居位於山腳下，越往前進就會逐漸進入山裡。

雖然現在是晴天的早上，藍色的天空卻被山裡的樹林遮住，環境有些陰暗。氣溫十分涼爽，讓人感到一種彷彿與外界隔絕的奇妙莊嚴感。我不想打擾這樣的氣氛，也減少與阿伊他們的對話，獨自默默地走在山路上。

來到視野稍微遼闊一點的地方時，我們就此抵達名為「奧之院」的奉拜所。那是一塊位於千本鳥居的終點，稍微寬廣的平地。

我們預定從這裡繼續上山，走到名為四辻的休息地點後再下山。

儘管目前還是上午時分，觀光客已接連從千本鳥居的方向過來，讓這裡的人越來越多。

「這上面寫『輕重石』耶!是什麼啊?」

「好像是要邊許願邊拿起來，若是比想像的還要輕，願望就會實現;如果比較重，願望就不會實現喔。」

「真假？妮可試試看吧～」

「欸，我才不要，很恐怖耶～」

女孩子們在奉拜所附近的占卜石旁邊有說有笑的。

「女生真的很喜歡占卜之類的東西呢～」

「來到擺了這麼多雜物的地方，就會讓人想用脈塊的ＴＮＴ炸藥全部炸光。」

「那種想法很危險喔，阿伊……」

就在男生們也各自聊著自己的話題時——

「啊，喂，學長？」

山名同學突然拿起手機湊到耳邊，發出開心的聲音。

學長……也就是關家同學吧。

曾說過不會主動聯絡的關家同學親自打電話過來，一定代表考試的結果出爐了。

我看了一下自己的手機，他還沒跟我聯絡。不過先向女朋友報告也是理所當然的事。

「咦，妮可的男朋友打來的？」

「妮可，太好了呢！」

在谷北同學與月愛的注視下，山名同學帶著開心的表情講起電話。

「…………」

我不禁望了阿仁一眼。他撇開眼睛，沒有看向山名同學。

由於在山名同學講完電話之前不會繼續前進，於是我和阿伊閒聊了一陣子。

不經意地望向女生們的方向，發現狀況不對勁。

山名同學獨自站得遠遠的。她彷彿要避開他人目光似的面向山的方向，低著頭將手機靠在耳朵上。

正當我感到有些在意時，山名同學突然抱膝蹲下。她的背影上下起伏，好像正在啜泣。

「妮可……？」

月愛她們雖然忐忑不安地看著，卻因為那股異常的氛圍而不敢靠近。

山名同學站了起來，像是要避開我們的目光般走到奧之院的後面。

憂心忡忡的月愛追了過去，隨後又搖著頭走回來。

接著我們等了五分鐘、十分鐘。

月愛再次去觀察狀況，接著臉色大變地回來。

「怎麼辦！妮可不見了！」

「咦？」

我們趕緊集合到女孩子們那邊。

「不見了是什麼意思？」

「她不是一直在那邊後面講電話嗎？可是我剛才去看，人就不見了……就算打電話也都是關機狀態打不通。」

「會不會是因為和關家同學講電話講到手機沒電了？」

「怎麼可能嘛！現在還是早上，講十五分鐘左右的電話也不至於沒電……」

「那就是去上廁所囉？」

「為什麼去上廁所手機要關機？」

就在我和月愛對話時，有人打電話過來。

「……是關家同學。」

我以冒汗的手握著手機，按下通話鍵後放到耳邊。

『啊，龍斗？山名在那邊嗎？』

關家同學的態度一如往常，不過聲音聽起來有點焦躁。

「不在……現在暫時找不到人。」

『…………』

電話另一頭傳來吸了一口氣的聲音。

『……其實，我剛才對山名報告了考試的結果……』

根據那個壓低的聲調，在他說明之前我就已經想像到結果如何了。

『今年沒考上。』

「……這樣啊……」

『我得再重考一年。老爸說：「你就試試看吧。」』

「……你和山名同學的關係該怎麼辦？」

月愛他們屏息望著我，讓我的聲音也充滿了緊張感。

『我告訴山名，要她決定維持現在的狀態或分手。』

「山名同學怎麼說？」

『……她哭著說自己決定不了……然後就掛斷電話了。之後不管怎麼打都打不通。』

所以他才會打電話給我啊。

「她可能就在這附近，我們會找找看。找到後再聯絡你。」

『抱歉了。真的很不好意思。』

關家同學的聲音難得這麼溫和。

『你們正在校外教學吧？現在在哪裡？』

「京都的伏見稻荷。」

『我知道你們正在旅行途中……但畢竟山名也一直很在意。前天考試的結果全都公布，我也決定好方向了，感覺一直沒有聯絡也不太好意思……』

我能明白他的想法，所以沒有打算責備闕家同學。

掛斷電話後，我對全組的人說明了整件事情，接著分頭前往搜索山名同學的下落。

「人家去山下看看。畢竟如果要往上走，必須從我們的旁邊經過。」

「我也跟妳去！」

「我也是。」

月愛、谷北同學與黑瀨同學回頭朝千本鳥居的方向下山。

「我到上面看看。她有可能在沒有人注意的時候上山了。」

阿仁則是朝上山的路而去。剩下阿伊和我再找了一次奧之院周圍，然後就跟隨阿仁的腳步上山。

登山步道越來越陡，有的地方還是泥土路。雖然氣溫很低，但當我注意到的時候已經汗流浹背，氣喘吁吁。

「……你覺得鬼辣妹真的會走這種路嗎？」

有點疲憊的阿伊這麼問道。

「受了情傷的女孩子會獨自爬山嗎？」

「唔……我覺得一個人如果真的遭受很大的打擊，可能會出現連自己也不知道為什麼的行動……」

正因為如此，我們才會擔心地找她。即使一般來說，身上帶著手機和一點錢的高中生無論在國內的什麼地方迷路，應該都不需要太過擔心才對。

「……鬼辣妹真是笨啊。為了戀愛這點小事就搞成那樣。」

阿伊嘴裡念念有詞。眼中露出與其說是輕蔑，不如說是嫉妒的神色。

「阿仁也很笨。追一個因為男朋友兩次落榜而受到打擊，在校外教學時搞失蹤的女人做什麼。就算追上了也不會有結果。」

阿仁抬頭望向前方的山路，喃喃說道：

「……是啊。」

我也覺得那樣的人很笨。

這包含了會因為月愛的言行與一舉一動而感到開心或動搖的自己在內。

然而，那一定就是所謂的戀愛。

還不夠成熟的我們對於戀愛這座山，一定還在途中而已。

眼前充斥著看不到盡頭的蒼鬱景色，讓人內心感到痛苦，不知道自己是否能抵達終點。

不過，正因為我們想知道有什麼東西等在前方，想知道可以看到什麼樣的景色。

所以才會繼續爬上去。

那樣的痛苦，也是戀愛的一環。

◇

大約兩個小時之後，我們聯繫了彼此，在半山腰的四辻會合。

四辻是一處視野開闊的高台，有茶店提供餐點與甜點。許多觀光客正坐在店門口的長椅上休息。

「妮可不在山下……」

「我們三個人分頭找了主殿、岔路、茶店，還走到了車站那邊。」

月愛和黑瀨同學如此回報。她們才剛從山下爬上來，還沒有調整好呼吸。

「她也不在上面喔……我們還到了瀑布那邊，結果都沒有找到。」

阿仁也露出疲憊不堪的樣子開口。

「我們還到三辻那邊的岔路找……」

大家都沒有任何斬獲。

「妮可到底去哪裡了啊……」

谷北同學低聲嘀咕。

這時，月愛突然好像想到了什麼，拿出她的手機。

「應該聯絡一下老師吧。雖然之後可能會被罵就是了……」

「對呀。萬一發生什麼意外才通知就太晚了。」

在我的贊同之下，月愛拿出旅遊手冊。她應該是打算輸入寫在手冊最後一頁的老師的手機號碼吧。

「那我再打一次妮可的電話。」

谷北同學也一邊說著一邊拿出了手機，然而……

「呃，啊～這裡收不到訊號嘛！便宜手機的收訊能力果然太爛了～！」

她咬牙切齒地瞪著畫面。

「我的手機借給妳吧？」

「謝謝，瑪莉美樂……啊，不行。我都靠ＬＩＮＥ聯絡，不知道妮可的手機號碼。」

谷北同學急得直跳腳。

「０９０-○○○○-○○○○」

這時，阿仁順口說出一串號碼。

「咦，仁志名同學你好厲害。那就是妮可的手機號碼耶。」

正在翻手冊的月愛吃驚地抬起頭。

「咦，真假？話說小露娜，原來妳也記住號碼了啊？」

「哈哈。人家暑假時每天晚上都用外曾祖母家的電話打給她嘛。」

「啊～就是手機壞掉的那個時候吧。」

雖然目前的狀況緊急，不過在千葉的紗代婆婆家借住，在真生先生的海之家與月愛一起工作的事仍然讓人感到懷念。

「阿仁也是用家裡電話打給鬼辣妹的嗎？」

這時，阿伊好奇地問道。

阿仁則是悶悶不樂地搖頭。

「……我每天晚上都看著她給的號碼，心裡想著今晚一定要打給她。」

阿仁真的很喜歡山名同學呢。

他的話中傳達了那樣的想法，讓人感到很難過。

「啊～果然還是打不通。」

谷北同學用黑瀨同學的手機打給山名同學，另一頭卻沒有開機。

就在這個時候，又有人打電話給我。

是關家同學打來的。

『找到山名了嗎？』

「沒有……還沒找到。」

確認月愛與老師通完電話後，我把手機換成擴音模式。打算讓他直接聽取大家的報告。

關家同學似乎正在坐車，手機傳來電車的行駛聲。他會在電車裡打電話過來，就代表非常擔心吧。

『這樣啊……你們今天自由活動的預定行程是什麼？』

聽完現狀的報告，關家同學如此問道。

「我想想看，走完伏見稻荷後，我們會去嵯峨野吃中餐，再來逛寺廟……」

手機螢幕上顯示著中午十二點零三分，已經是這個時候了啊。

『那麼我想山名應該已經在嵯峨野了。』

關家同學這麼說。

『那傢伙的個性很老實。不會因為想要自己獨處就破壞今天的整個行程。』

「咦，可是……」

「啊，這麼一說——」

阿仁打斷了我的話。

「笑琉曾經提過，到嵯峨野後『很期待看到瞪視八方的龍』。」

為了讓電話的另一頭清楚聽見，阿仁一字一句地說明。

「她還笑著說：『那不就是對所有人耍狠嗎？就像我國中時一樣。』」

「啊，她的確說過！妮可真的很期待去嵯峨野。」

月愛彷彿找到希望似的雙手合掌。

「那麼事不宜遲，總之先去嵯峨野吧！」

谷北同學做出結論，我也掛掉了關家同學的電話。

「那麼……」

就在大家準備下山的時候，關家同學又打了一次電話給我。

「喂？」

這次我沒有開擴音，直接把手機貼到耳邊，隨即聽到關家同學驚訝的聲音。

『剛才那是誰？』

「咦？」

『就是講龍那件事的傢伙。』

「啊，阿仁……仁志名蓮。是我朋友。」

『他和山名關係很好嗎？』

關家同學語氣平淡地追問。

「咦？與、與其說關係很好……應該說他希望和山名同學打好關係……」

在知道阿仁心意的情況下，我也不能說謊，只好吞吞吐吐地回答。

『他知道山名有男朋友，還這麼想？』

「是、是的……」

『……哦……』

他的聲音與平時沒有太大差別，但是內心一定很不是滋味，我自顧自地沮喪起來。

「感、感覺有點不好意思……我的朋友他……」

『你們不是要去嵯峨野嗎？找到後告訴我在哪裡。』

「好、好的。我知道了。」

關家同學似乎沒有生氣，然而感到尷尬的我只能簡短地回答之後掛掉電話。

於是我們開始下山。

路上聽見清亮的水聲。舉目望去，可以看到清水沿著岩壁流淌而下。流水在正午時分的陽光中散發出有如寶石的光輝，形成宛如仙境的景象。

我以前對「神蹟顯赫」這種詞沒什麼概念，不過走在這座山裡時，確實有著神靈寄宿於各處的感受。

走回山路後，冷風吹得我渾身一顫。周遭樹林的葉子也宛如波浪般搖曳，讓人心中感到惴惴不安。

我甚至開始思考在這座山裡失蹤會被稱作「神隱」的說法。

「……怎麼辦，妮可會不會有事呢？」

月愛一邊小心地踩在凹凸不平的翠綠下坡路，一邊靠到我的身邊。

「好擔心喔……」

她喃喃說著，臉色有點蒼白。

「別看她那樣，其實妮可的心靈沒有那麼堅強喔。聽說她國中的時候因為父母離婚的壓力，一天之內打了十個耳洞。不過現在有些已經癒合了。」

「十個……」

簡單算一下，就是兩隻耳朵各打五個洞。光是想像就讓人感覺耳垂發痛。

「沒想到手機還關機……她該不會想做傻事吧……啊！」

就在這時，月愛突然踢到了什麼。可能是太過擔心好友的安危，忘了注意腳下。

我下意識地撐住她，並且順勢握住月愛的手。

「……！」

月愛的身體稍微變得僵硬，但是沒有尖叫或退開。

我們牢牢牽著彼此的手走下山。

雖然現在是這種狀況，不過很久沒感受到的月愛體溫仍然讓我胸中一熱。

「不會有事的。」

我由衷地表示。

「山名同學一定在嵯峨野喔。因為最喜歡山名同學的關家同學就是這麼說的。」

即使緊張地幾乎喘不過氣，還是努力把內心的話說出來。

「所以不會有事的。」

我重複一次這句話，輕輕加重裹住月愛手掌的力道。

「龍斗……」

仰望著我的那雙眼中溢出淚水。月愛的眼睫毛底下泛著彷彿只要低頭就會奪眶而出的眼淚，接著轉頭看向前方。

「是啊。人家是那麼相信的。」

她喃喃說道，再次望向了我。那張臉上浮現出些許的微笑。

「龍斗，謝謝你。」

這次輪到月愛用力握住我的手。

我的心中不禁充滿了感動。

在這段短短的一瞬間，我甚至忘記了山名同學，也忘記校外教學……

感受著手中的溫暖，沿著下山的路一直走下去。

◇

抵達嵯峨野時，已經下午三點了。我們在等待轉乘的過程中去商店買了飯糰當午餐，之後就來到今天最後的參觀地點。

按照預定計畫，我們本來會在嵯峨野參觀五間左右的寺院。但由於接近關門的時間，只好分頭行動，各自找人兼觀光。

我們分成月愛和我、黑瀨同學和谷北同學、阿伊與阿仁三組，約定隨時保持聯絡後就地解散。

月愛和我前往山名同學最有可能出現的地點，也就是剛才提到的「瞪視八方的龍」所在的天龍寺。

穿過屋頂鋪設瓦片的氣派大門，走過石頭建成的寬廣參拜道路，可以看到前面有一間小寺堂。該處就是天花板畫有龍的法堂。

「過去看看吧。」

我們排隊入場後，立刻就知道山名同學不在那裡。法堂裡都是觀賞天花板的人，而且因為場地無法同時容納幾十個人，沒辦法一直待在裡面。

瞪視八方的龍是一幅以水墨描繪，畫風壯麗的日本畫。那隻不管從哪裡看都像在瞪著自己的龍，讓人感受到一股強烈的肅穆之情。

我想起第一次和山名同學說話那天，在速食店裡見到她時的那種銳利眼神。

「……我們去本堂看看吧。」

月愛似乎因為沒見到好友而有點失望。

我們默默地離開了法堂，前往下一個參觀地點。

接著就遇到了正在尋找的人。

我們進入一間名為大方丈室的寺堂。這座被登記為特別名勝，建立於日式庭院前的大方丈室為了讓人將庭院盡收眼底，打造成開放式的建築。鋪著榻榻米的寬廣室內幾乎都是禁止進入的區域，觀光客只能待在周圍的走廊。就在我們隔著鞋子感受木地板的觸感，走到面向庭園的走廊時，兩人停下了腳步。

那位坐在走廊邊緣，面向庭院兩腳懸空，雙手托在腦後欣賞庭院景色的星臨高中女學生……只要看到那個髮色和制服的穿法，從背後都認得出是山名同學。

眼前是長滿翠綠森林的壯闊嵐山，以及坐落在各種林木與岩石之中，散發出恬靜氣氛的寬廣水池。

日式庭院與寺廟邊緣的走廊與辣妹。

雖然這種組合充滿了突兀感，但是找到搜索目標的感動更勝一切，讓我差點「啊！」地一聲叫出來。

「啊！」

不過實際叫出聲的是月愛。她露出難以置信的表情轉頭看著我。

「找到……妮可了……！」

山名同學注意到朝她衝過去的月愛，回頭望過來。

「…………」

她看著我們兩人，微微地笑了。那是一副失落沮喪的微笑。

「你們看過龍了嗎？眼神的確很凶狠呢。」

「妮可……」

月愛渾身無力地坐到她身旁。

「太好了……妮可……」

她淚眼汪汪地說著，緊緊抱住山名同學。山名同學也閉上眼睛，抱緊好朋友。

我蹲在兩人旁邊，用ＬＩＮＥ向其他組員與關家同學報告。畢竟不敢在寺堂裡打電話。

「……我之前真的很期待三月中的到來。」

當兩人冷靜下來拉開距離之後，山名同學這麼說道。

「我想整天和學長待在一起……也有好多想和他一起去的地方。可是那些事都得再等一年了。一想到這裡就好絕望……」

月愛皺起眉頭，難過地聽著。

「從十一月到現在過了四個月。光是這樣就已經很難受了……結果還得再等一年啊。必須再忍耐三倍的時間喔……一想到這裡，我就覺得撐不下去了……」

山名同學咬著嘴唇低下頭。

「但是更不想分手……我想當學長的女朋友，然而不想過著見不到面的生活……我知道這樣的情緒只是單純的任性，不想發洩在學長身上……可是自己心中也只有這樣的想法，所以找不到其他話……只能掛斷電話。」

我隔了一會兒才發現她是在回憶自己接到關家同學電話時的事。

「明明不能在一起，聽到學長的聲音時又很難過……不管是看到他傳訊息或是打電話過來都會很難受，所以就把手機關機了……我也不知道該怎麼辦才好，只想暫時一個人靜一靜……可是又覺得不能對大家造成困擾，所以來到這個今天最後的觀光景點……結果還是給大家造成困擾了呢。」

山名同學以一副快哭出來的表情說道：

「對不起呢，我是個笨蛋……這種時候不知該如何是好……做了蠢事，結果給大家添了麻煩啊……」

淚珠不斷從她的眼中溢出。

「我們沒事啦。」

月愛流著淚水靠過去擋住周圍的視線，一手摩挲著山名同學的背。

山名同學用手指拭去不斷湧出的淚水，喃喃說道：

「最失望的應該是學長才對……我卻沒辦法立刻說出『我會等你，再努力一年吧』這種話……我討厭這樣的自己……明明想在學長面前當個好女友。」

「妮可……人家能明白喔，很難受吧。」

而就在月愛安慰山名同學時——

「妮可！」

谷北同學和黑瀨同學來了。她們大概是收到我的聯絡便立刻趕過來。

過了一會兒，阿仁與阿伊也到了。

「笑琉……太好了。」

阿仁看到山名同學，露出放心的表情。

「各位，對不起。都是我的錯，打亂大家今天的行程……」

山名同學已經冷靜下來，看得出她澈底反省了。

為了避免擋到別人的路，我們順著參觀庭院的路線，來到走廊盡頭可以從旁邊觀賞庭院的長椅，坐了下來。因為實在坐不下那麼多人，晚到的阿伊與阿仁於是站著。

由於最後進場的時間將近，經過的觀光客稀稀疏疏。多虧了這點，我們這群人沒有吸引太多的注意。

「沒關係啦！反正該去的嵯峨野景點姑且都有人去過了。要整理心得也不成問題喔。」

谷北同學開朗地回答。由於這場旅行有著校外教學的名義。旅行結束之後，我們必須在事前預習時製作的筆記裡寫下實際參觀當地的感想與心得。這會是春假的作業。雖然我覺得大家應該都沒有心思在參觀嵯峨野上，但既然確實走過一趟，總會有辦法的。

「先別管那些，笑琉沒事真是太好了。」

阿仁這麼說著，月愛她們也點點頭。

「阿蓮……」

山名同學凝視阿仁，微微地一笑。那副微笑之中彷彿有著愧疚，又像是帶著感謝。

就在這時，我的眼角餘光掃到一個人影，於是隨意地看了過去。

然後眼神就移不開了。

難以置信。

他怎麼會在這裡？

然而不管怎麼看……那都是關家同學本人。

關家同學穿著平時的那種便服，身上只揹著一個斜背包，一身輕裝打扮。和我對上視線時，他略顯尷尬地點頭致意。

月愛和其他成員們注意到我直直盯著奇怪的方向，也一個接一個順著我的視線望過去。

「咦咦！」

月愛摀住嘴尖叫一聲。接著她戰戰兢兢地轉過頭去……當然是看向山名同學。

「學長……？」

山名同學露出茫然的表情。那表情訴說著：「發生了什麼事？這是現實嗎？」

關家同學望著那樣的她，有點尷尬地微笑。看起來似乎不知該說些什麼才好。

「……嗨。」

於是他像對待男性朋友那樣，隨便打了個招呼。

聽到那個聲音的瞬間，山名同學張大了眼睛站起身。

接著有如脫兔似的衝向關家同學……兩人抱在一起。

「學長……！不會吧……這是真的嗎？」

山名同學雖然就在男朋友的懷中，卻仍然不敢相信現在的狀況。

「抱歉，山名。」

關家同學緊緊摟著山名同學，彷彿要把臉埋進她的脖子。

「我還沒送妳白色情人節的禮物吧。很抱歉只能送這樣的回禮。」

山名同學將臉抵在關家同學的胸前，搖了搖頭。

「能見到學長，對我來說就是最棒的禮物了……」

山名同學以含淚的聲音幸福地低語。

看到那樣的她，關家同學摟得更緊了。

「真的很抱歉……笑琉。」

聽到那句話，山名同學的眼睛溢出一行淚水。從表情就可以知道，那毫無疑問是開心的眼淚。

「…………」

我小心翼翼地望向阿仁。沒有轉動脖子，儘量不讓對方發現有人正在看他。

阿仁低下頭，緊握雙拳。

突然有陣風吹拂而過，嵐山的森林同時搖曳起來，池子的水面也泛起陣陣漣漪。

或許是背景太美。山名同學與關家同學在壯麗的庭院前相擁的畫面看起來就像是電視連

續劇裡的場景。

我看向四周。

月愛的眼中充滿熱淚，感動地注視著她的好友。

黑瀨同學與谷北同學對兩人投注滿懷憧憬，又有些落寞的眼神。阿伊則是無所事事地看著手機。

就在這時，阿仁踏出了腳步。彷彿希望儘快離開現場一樣，匆匆穿過庭院。

「阿仁？」

阿伊朝他喊了一聲，然而阿仁卻頭也不回地離開。

我想都沒想就追了過去。

阿仁不停往前走，看也不看左邊的庭院一眼。他通過大方丈室前面，從中間穿過一間小一點的書院，再沿著通往庭院的小路從北門離開。那是位於入口處相反方向的小型出入口。

離開天龍寺之後，阿仁依舊沒有放慢腳步。此時眼前出現一片翠綠的茂密竹林。

「哇……」

說到嵯峨野的竹林，在來之前已經透過影片與照片看過很多次。就算如此，這麼近距離觀賞仍然帶給我很大的震撼。

照耀大地的最後一道陽光，從生長於兩旁的茂密竹林空隙間流暢地穿過，灑落在地上。

眼中所及全是竹子的青綠。

整條路恬靜無比。

阿仁走進那條路，慢了一步的我也隨後跟上。

走過竹林之後，他還是沒有停下來。

這個時間帶，所有神社佛寺都已不再提供入場。宛如田間小路的鄉下道路上人煙稀少。

我不確定阿仁是否知道該怎麼走，也不知道他是否發現我就跟在後面。只見他毫不猶豫地繼續前進。看著那熟悉的瘦小背影，自己不知怎的沒辦法叫住他，只能繼續跟著走。

不記得自己走了多久。可能是三十分鐘，也可能將近一個小時。天空迎來日落，迅速失去了色彩。

阿仁在一條位於寬廣寂寥的原野，視野良好的小路上停了下來。與他相隔幾公尺的我也停下腳步。

原野的盡頭有著茂密的森林，森林的後面則是山丘。這條路上只有幾棟一、兩層樓高，不知道是民房還是神社寺院的日式房屋。放眼望去盡是一片寂靜的自然景色。

「……昨天我在繪馬上寫的是『希望能和笑琉交往』。一點效果也沒有嘛。」

阿仁背對著我，獨自說了起來。

「笑琉送了我餅乾喔，雖然不是親手做的。她說是白色情人節的回禮。因為這樣就產生期待，得意忘形的我簡直就像個傻瓜呢。」

他果然有察覺到被人跟在後面。我一邊這麼想，一邊聽著阿仁的話。

突然想起關家同學打來的電話。現在回想起來，電車的行駛聲之所以很大，因為那是新幹線嘛。

「如果是男朋友，即使來的時候兩手空空，她還是那麼開心呢。」

我想說些什麼，卻擠不出足以安慰他的話。就在努力思考時，阿仁繼續說了下去。

「在不久之前，我覺得和誰交往都可以。只要是可愛的女孩子，都想和對方交往。」

阿仁說著說著垂下了肩膀。

「可是不知道為什麼……現在已經不行了。非笑琉不可……其他的女孩子已沒辦法讓我心動了。」

阿仁稍微回過頭，用側臉對著我。那張表情充滿了不甘心。

「笑琉也一定抱著同樣的想法吧。但對象是『學長』……」

阿仁露出放棄一切，看著就讓人難過的自嘲微笑說道：

「她一定不是認為『我不行』……而是『非學長不可』吧。」

說著那些話的臉上滿是對山名同學的感情。

「好想變回之前的自己。好想消除記憶，變回喜歡笑琉之前的樣子。」

「……那樣真的好嗎？」

當我說出口的瞬間，就知道這是個不知趣的問題。

那就像即使我和月愛在未來出了什麼問題，自己也不會想忘掉曾經喜歡月愛的感情。

不只不想忘記。那種事如果能忘記就不必那麼麻煩了。

一陣清風吹起。山上的樹木與原野的草叢同時發出沙沙聲。

回過神來，四周已然變暗，所有景色都逐漸失去清楚的輪廓。樹木、田園、道路，與走在路上的遠處人影，全都以比天色更快的速度融入黑暗之中。

這可能是自己第一次經歷如此讓人不安的黃昏。正當我想到這裡，才注意到四周看不到任何路燈。

「逢魔時刻」這個詞彙浮現在腦海中。潛藏於體內的本能對黑暗感到恐懼。

原始的傍晚時分。

這裡稍後一定會變成真正的黑夜。

我情不自禁地想見月愛。

然而阿仁卻站在陰暗的路旁，一動也不動。

當我正想向他搭話的瞬間，阿仁開口了。

「像我這種沒有人要的傢伙……要是能被夜晚吞噬，就此消失不見就好了。」

他垂頭喪氣地喃喃說著。

「阿仁……」

阿仁才不是沒人要的傢伙。他是我為數不多的重要朋友，是這個世界上僅此一位的寶貴存在。

然而他現在想聽的一定不是那樣的話。

對於現在的阿仁而言，山名同學就是世界的一切。如果山名同學不要他，其他事物就全都不重要了。

我也是如此。

如果現在月愛從眼前消失，對我來說就形同世界末日。

所以我明白了一件事，自己沒辦法對現在的阿仁說什麼。

「……那傢伙好高啊。」

阿仁又喃喃地說了一句。

他指的應該是關家同學吧。

「聽說他想當醫生？所以他的父母也是醫生吧？」

「……是啊。」

「就算只有一個也好，我有什麼地方贏過他呢……」

「…………」

雖然無法決定輸贏，不過我知道很多阿仁的優點。

他的情感豐富容易受傷，因此為人很內向，經常把自己封閉起來。不過很喜歡有趣的事物，那雙充滿好奇心與警戒心的大眼睛總是以有點玩世不恭的態度觀察著世界。我知道他和自己有些共通之處，所以才會成為朋友。

他與關家同學不同，但兩人我都喜歡。想必山名同學也有那樣的想法，所以才會和阿仁成為朋友吧。

不過……在戀愛層面上她怎麼看待阿仁，就不得而知了。

然而這點偏偏對現在的阿仁來說是最重要的，我因此沒辦法安慰他什麼。

「……趕快回飯店看ＫＥＮ今天的影片吧。」

結果能說出口的只有這種半開玩笑似的話語。

即使如此，阿仁可能還是收到了我的體貼。

「……是啊。」

回過頭的阿仁對我微微一笑。

於是我與阿仁兩人默默地走在薄暮時分的寂寥田園之中。

第三・五章　女生房間的戀愛話題

「啊～～學長真的超棒的！聽說他知道我不見了，就擔心地來到京都耶！雖然剛才被老師狠狠罵了一頓，不過既然能見到學長，那完全沒關係了！」

那天晚上，笑琉在熄燈時間之後的女生房間裡抱著棉被興奮不已。

「啊～～好想和他待在一起久一點喔～～！」

「明天不是也可以在一起嗎？反正關家同學也住在這，太好了呢。」

躺在旁邊棉被裡的月愛微笑地看著好友這麼說。

「可是在明天之前很寂寞耶～～」

看到笑琉那副模樣，對面棉被裡的朱璃抬起頭。

「結果妮可你們也是很恩愛嘛～！啊～～好羨慕～～我也想交個男朋友！」

「咦，真是稀奇。」

「小朱竟然會說這種話。」

「那麼今晚要不要來聊戀愛話題？」

在笑琉的一聲號令之下，女生房間裡的四個人就趴在兩兩相對的棉被上靠在一起。

「因為～沒有男朋友的人就只剩下我了嘛。看到大家恩愛的樣子，老實說很羨慕呢。」

「我也沒有男朋友喔。」

朱璃旁邊的海愛不好意思地坦白。

「只要瑪莉美樂有那個意思，隨時都交得到男朋友吧！該不會是妳的理想太高了？難道妳只想和腦袋聰明、長得帥、身材很高，那種完美超人般的男生交往嗎？」

「沒有那種事啦。」

海愛淡淡地一笑。

「我之前喜歡的……是個普通人。」

她帶著懷念的微笑喃喃說著。

「不過那個人已經有女朋友了。」

朱璃沒有發現月愛的表情有點憂鬱，發出「欸～」的聲音。

「以瑪莉美樂的程度，應該可以直接搶過來吧？畢竟男生們都喜歡妳這類型的女生。」

海愛微笑搖了搖頭。

「沒辦法，我被那個人拒絕了。他說自己很珍惜女朋友。」

「欸～真假？」

「可是事情全部結束之後我才發現一件事。現在回想起來，自己喜歡的其實是照顧女朋友時的那個他。」

在月愛帶著憂愁的注視之中，海愛結結巴巴地說道：

「我很羨慕那個女朋友，也想被一個男生愛得那麼深，所以憧憬著那個人體貼女朋友的愛……等到回過神時，已經越來越喜歡他了。然而那應該不是健康的愛情吧。」

微笑開口的海愛臉上看不到任何逞強。

「所以下一次，我想談一場只有自己和對象的……真正的戀愛。」

那句話讓月愛露出了微笑。

「真正的戀愛……是什麼樣的東西呢～」

陷入沉思的笑琉喃喃自語。

「妮可是怎麼喜歡上學長的？」

「嗯？進桌球社第一次和學長們打招呼時，就覺得他是我的菜。等到聊過之後，發現他為人很風趣，個性又合得來，就感覺越來越喜歡他了～」

「哦～好厲害！那不就是所謂的真命天子嗎？」

「我也覺得如果是就好了。」

「哦～好羨慕喔～！」

朱璃羨慕不已地說著。

「啊～我的真命天子到底在哪裡呢！」

「不是伊地知同學嗎？」

被月愛這麼一說，朱璃就露出各式各樣的表情。

「就、就說沒辦法嘛～～！我絕對無法主動告白，而且某種程度上只要在旁邊看就能滿足了！還是該說憧憬和戀愛是兩回事～」

「在妳說那種話的時候，伊地知同學可能會和其他女生開始交往囉？」

「不行～～那樣也不行！看到他變成其他女生的對象我會受不了！」

「所以妳只能和他交往啦。如果仔細觀察，會發現那個男生長相不算差，身材也很高。雖然因為有點阿宅的氣質，女孩子不太會靠近。但是以那種水準，不久之後就會被其他女生搶走喔。」

「什麼～～不行！光是想像我就會死掉～～！」

「那就快點行動啊。」

「沒辦法啦～～！伊地知的真命天女一定不是我啊～～」

朱璃把臉埋在枕頭裡，兩腳在棉被上不停亂踢。

「……話說所謂的『真命天子』，真的是一開始就決定好的嗎？」

這時，月愛突然說道：

「感覺就算剛開始只覺得對方『有點不錯』。等到雙方決定『就是這個人』，培養出了感情……即使起步時有點摩擦，進展得不順利，但總有一天……那種感情還是能變成真正的愛情喔。兩個人越走越近……成長為對方的『真命天子』和『真命天女』。」

看到月愛害羞又幸福的微笑，笑琉等人彼此互看了一眼。

「……我可以當作那是在放閃嗎？」

「所以我才討厭有男朋友的人啦～～～！」

「喂，小朱璃。妳從剛才就太大聲了。老師會過來喔？」

海愛的話雖然講得太晚了，還是讓朱璃連忙摀住自己的嘴。

等到確認沒有人過來，她才露出放心的表情。

在女生房間的這場聊天看起來還會繼續下去。

第四章

隔天，我們一早就前往大阪。以團體行動參觀大阪城後就地解散，下午則是各小組自行進行觀光。

我們這組計劃先去難波吃午餐，在道頓堀與心齋橋閒逛後參觀通天閣，最後返回飯店。

老師們似乎只有在京都時看重「校外教學」意義，於是有很多學生就對大阪與神戶排了「純觀光」的行程路線。話雖如此，那些希望去主題遊樂園的人的提議還是被打了回票。

「欸～快看快看，是格力高（註：糖果公司「格力高」設置在大阪道頓堀的著名廣告看板）耶！」

「露娜，妳擺的姿勢是『命』字。」

「咦？」

「手要抬高一點喔，小露娜～！」

「呵呵，拍到月愛的『格力高命字』姿勢了♡」

「啊，別拍啦，海愛～！重拍一次啦～！」

在道頓堀的戎橋拍過那個招牌姿勢之後，我們進入附近的大阪燒店。

此刻，我們坐在設有鐵板的桌子前，目不轉睛地看著店員煎大阪燒時的鐵鏟功夫。

除了兩個人以外。

「欸～欸～學長，你會在這裡待到什麼時候？」

「這個嘛，既然機會難得，我會待到後天喔。也能當成轉換心情。」

「真假？太開心了！可是住宿費沒問題嗎？搭新幹線回去時得準備車資，而且你還買了換洗衣物。」

「我帶了信用卡。只不過花太多錢會被老爸罵就是了。」

「哇～好厲害，學長好成熟喔～♡」

山名同學和關家同學在桌子另一邊上演兩人世界。

山名同學緊緊摟著關家同學的手臂，對大阪燒看都不看一眼。我們是在剛才小組個別行動時與關家同學會合的。

「…………」

我很擔心阿仁的狀況。雖然他現在正與阿伊觀看大阪燒的製作，然而他肯定很在意山名同學的樣子。

我們八個人坐六人的座位。老實說真的很擠。不過這家店相當熱門，我們又沒有預約。

如果坐的是附有沙發的座位，應該勉強擠得下。所以在得知只有這個座位的時候就已經做好了很擠的心理準備。

「妳、妳還好嗎？月……坐得下嗎？」

我一邊在意著同伴們的視線，一邊對身旁的月愛這麼說。由於我們這排有阿伊和阿仁，所以一定比坐了三個女孩子的對面座位還要擠。

「唔、嗯，沒問題……」

月愛勉強地回答。

「……人家可以再過去一點嗎？」

不過她還是朝我這邊靠了過來。

「唔、嗯，當然可以……」

雖然我故作鎮定，腰部碰到月愛時的觸感仍讓人怦然心動。每次活動手臂時都會觸碰到彼此。或許我往阿伊的方向擠一下就可以輕鬆許多。但是不知為何就是沒辦法那麼做，只能一直待在原來的位置。

鐵板上的大阪燒即將完成。現在正處於麵糊上蓋著銀色圓頂型蓋子，進行悶煎的階段。

不知道是因為鐵板散發的熱氣還是因為感受到月愛的體溫，我的臉好燙。偷偷往旁邊望去，月愛也紅著一張臉。

煎大阪燒的滋滋聲響讓我的身體越來越熱。渾身的感覺有一半被月愛占滿了。

我只好向坐在面前的谷北同學搭話，轉移注意力。

「話、話說回來，這間店感覺很不錯呢。妳怎麼找到的？」

這間店是谷北同學聲稱「如果要吃大阪燒，我知道一間好吃的店！」便帶我們來的。

位於商店街裡的這間店門口很小，店裡經常都是客滿狀態，顯得相當熱鬧。具有老師傅氣場的沉默店員熟練地製作餐點。讓人很期待成品的味道。

「啊，我在國中時來過這裡很多次呢。」

谷北同學隨意地回答。

「咦，妳從國中就來大阪啊？」

「小朱曾經是某關西出身的偶像團體粉絲喔。」

月愛在一旁補充。

「對～！她們有很多場演唱會只辦在這裡，所以我會搭夜間巴士遠征大阪。」

「好、好厲害啊。國中生就在講什麼遠征……」

「嗯，畢竟我超迷的嘛～還很努力練習關西腔呢。」

「難怪小朱璃講話時偶爾會夾雜關西腔。」

黑瀨同學露出豁然開朗的表情。

「妳是指『～唄？』嗎？人家之前也很在意，問了之後小朱才告訴我是什麼意思～」
月愛說著便和黑瀨同學相視而笑。感覺她們已經完全變成一對感情很好的姊妹了。
「完成了。」
就在這時，店員通知我們煎好大阪燒了。我們點了好幾種大阪燒，大家一起分著吃。
「我就說吧？裡頭加了山藥，鬆鬆軟軟的喔。」
「好吃～！超好吃的！」
谷北同學對誇張地表示感動的月愛露出得意的表情。
「學長，啊～♡」
山名同學餵了關家同學一口大阪燒。
「好燙！還很燙耶。」
「啊，抱歉～！」
山名同學連忙把小鏟子上的食物吹涼之後再拿給關家同學吃。
「學長也來餵人家嘛♡」
「呃，妳呀……在朋友面前不會感覺不好意思嗎？」
「可是回到東京後我們又見不到面了吧？大家會體諒的啦。」
看到突然變得很失落的山名同學，關家同學只好放棄抵抗，拿起當成筷子的鐵鏟。

「啊～♡」

關家同學將大阪燒餵給了自己張開嘴巴發出聲音的山名同學。

不只是山名同學很開心，關家同學也露出溫柔的表情。由於在補習班看不到那種樣子，讓我心中湧出一股欣慰之情。但是又覺得不能再看下去，於是撇開了視線。

結果身旁月愛的側臉就映入眼中。

月愛放下吃飯的手，露出欽羨的眼神著迷地望著眼前的兩人，連嘴巴都張得開開的。

「…………」

我停下正要送入嘴裡的小鏟子。

「……月、月愛？」

聽到我小聲呼喊她，月愛突然回過神似的望向這邊。

「呃？」

「……我、我們……要不要也來做做看……？」

當我害羞又含糊地這麼一說，月愛的表情突然亮了起來。

「嗯、嗯……！」

她開心地對我張開嘴巴，含情脈脈地望著我，而張得特別大的那張嘴彷彿在要求大阪燒以外的東西……我不禁吞了吞口水。

這陣子隱約有種感覺。雖然每次心中浮現那種念頭時，自己都會以那是處男會錯意的理由加以否定。

月愛最近越來越性感了。

像是在電影院那時，或是後來的回家路上。總覺得她突然露出的那些表情之中有著勾引我的意思。

不過在擠成這樣的大阪燒店裡，也不可能做出什麼奇怪的事……於是我很正常地將大阪燒送進月愛的嘴裡。

「好吃♡」

月愛露出滿面的笑容。

我們的身體又碰觸到了彼此。

那些地方再次讓人感到發燙……

我擦了擦被鐵板的熱氣逼出的大量汗水。拿起水杯將裡頭的水連同開始溶化的冰塊一口氣全部喝掉。

「啊，這頓我付吧。」

當我們用完餐正在討論如何付帳時，關家同學這麼說道。

「我突然過來，讓大家這麼費心。至少讓我請一頓吧。」

「咦，真假～？關家同學太神啦！」

谷北同學立刻開心地大喊。

「那就……謝謝你的好意啦。」

我們心懷感激地收起錢包。

不過，就在這個時候——

「我要付。這是我的……」

只有阿仁把現金放在桌上。

「我和笑琉的份。」

仔細一看，桌上擺了三張千圓鈔票與一些零錢。

關家同學看著阿仁，愣了一下。

「……付你自己的就可以了。」

他拿走兩千圓，從自己的錢包裡拿出一點零錢。再把留在桌上的錢退給阿仁。

「…………」

阿仁咬著嘴唇，將退回的錢收進錢包裡。

至於山名同學正在上廁所，沒有看到這段經過。

◇

就這樣，當天的觀光行程順利結束，我們住在大阪。

隔天早上，我們從飯店出發前往神戶，以小組行動的方式參觀北野異人館街。

異人館街是一處充滿歷史風情的洋房蓋滿整片山坡的地方。除了洋房以外的建築也全都充滿了魅力，整條街的街景對女孩子而言非常「上相」。

「學長♡那棟房子好漂亮唷～！」

山名同學還是一樣黏著關家同學。

「不過這個坡道好難走～！」

「再撐一下吧。要不要我拉妳？」

「欸～～～～好喜歡你喔♡」

這對蠢情侶簡直肉麻到不行。感覺他們的蠢度比水族館約會的那個時候更高了。尤其是山名同學。

看到兩人的樣子，月愛則是——

「…………」

又來了。她半張著嘴，一臉口水幾乎要流下來的羨慕模樣。

「……月、月愛？」

既然她都露出那樣的表情，我也不好不理會。

「爬得動嗎？要不要把手借給妳牽……？」

於是月愛開心地猛點頭。

「嗯！」

她的臉上堆滿了喜色。如果是隻狗，可能就會猛搖尾巴了。

我害羞地伸出手。不過當月愛牽起手時，我才發現自己伸出的是右手。

「啊……抱、抱歉。」

「嗯？」

牽著手準備爬上坡道的月愛露出疑惑的樣子。

「那是右手……」

我的話讓月愛漲紅了臉。看來她也沒有忘記校外教學前一天的回家路上所發生的事。

「所、所以……」

就在我打算把右手抽走時。

「……！」

一股強大的力道握住我的手。

我望向月愛，她低下了紅通通的臉。

「……沒有關係喔……」

她似乎費了一番工夫才擠出這句話。

「沒……」

她說……沒有關係……？

女生允許男生用發洩自身慾望的右手握住自己的手，不就表示……不對，這種想法未免太過跳躍。月愛怎麼可能很樂意和我做色色的事。

「…………」

月愛紅著臉，不發一語地走在坡道上。她握住我右手的力道很強。那張臉之所以紅通通的，究竟是因為爬坡的疲勞，越是害羞，還是出於其他原因……像是興奮呢。

我心神不寧地想著這些事，最後抵達位於山丘上的異人館「魚鱗之家」。那是一棟如同其名，外牆裝飾著魚鱗狀磁磚（似乎是天然石材的岩板）的豪華雙層洋房。

屋前兩座有如戴著圓帽的柱狀塔既顯眼又漂亮。這座宅邸建造於綠意盎然的山丘上。前方設有庭院，建築物就環繞在修剪整齊的植栽與後方山上的森林之間。

「哇～好厲害喔！如果能住在這種房子裡，那就太棒了～！」

月愛繞著庭院與洋房逛了一圈，發出興奮的歡呼。雖然能感受到她那天真無邪的可愛，但也讓我覺得很不好意思……

「……以、以我的能力應該很難辦到……抱歉。」

「咦？」

月愛看著我，想了一下之後才理解那句話的意思，隨即破顏而笑。

「啊，沒有關係啦～人家只是說說而已。」

月愛笑完之後換上了羞赧的微笑。

「對人家來說，和龍斗在一起……是更棒的事。」

「月愛……」

她稍微倚向心跳加速的我。

「不會太大的房子比較好，這樣就可以靠在一起了。」

看著調皮地笑著的她，我想起昨天在大阪燒店和她緊緊相貼的事。半邊的身體喚回了月愛的觸感，渾身又開始發燙。

我心跳加速地進入館內，參觀那棟房子。

就在走上階梯，來到二樓的時候——

「快看快看，小露娜，風景好美啊！」

和黑瀨同學一起待在窗邊的谷北同學回頭喊了月愛一聲。

「哇～真的耶……！」

月愛走向窗邊。我也跟過去站在她身旁。

不枉我們爬了那麼久的坡，從窗戶望出去的風景格外壯觀。山丘底下的那些房子，港口方向的高層大樓，以及遠處的大海，就算說可以一眼望遍整個神戶的市景也不為過。現在是大晴天的上午，天空很藍，景色絕美無比。

「好厲害喔～！這棟房子原來這麼高呀。」

月愛感動地趴在窗邊。

「可以看到好多種房子耶，真是神奇～這裡明明距離東京很遠，城市的樣子卻還是有點像東京呢。」

「是啊。」

「如果要找房子～果然還是那種公寓比較好～！人家過去都住在一樓或二樓，所以很憧憬能看見海的屋子呢。」

月愛指著港口附近的高樓公寓，天真地笑著。

「…………」

她這番話一定也沒有想太多。在首都圈，港灣景色的高樓公寓可是要價不菲。看來還是只能考上好大學，努力賺錢了。

「……話說回來，妳的出路調查表寫了什麼？」

我臨時想到這件事，於是順口一問。由於我們在旅行出發前很少見面，現在回想起來，還沒有聽到她的正式答案。

月愛看了我一眼，再次把視線移向窗外的景色。

「就是『還在想』。不過人家寫了不會升學。」

她說到這裡，微微一笑。

「人家不是很討厭念書嗎？如果繼續像現在這樣，在缺乏大方向的情況下考上分數足夠的學校，感覺就像多念幾年高中而已，延遲人家對未來的選擇。」

「這樣啊……」

「龍斗之前說過的那句關家同學說的話……讓人家很有共鳴。就是『總之先找個工作來做，如果跟自己不合再另尋出路就好』之類的話。」

「那句啊……」

我的腦中閃過「當初要是把那句話當成是自己說的就好了」的想法。

「所以人家打算總之先找個『工作』來做。」

月愛低著頭露出微笑。她撇開視線，害羞地不敢看我。

「人家就以這樣的想法開始做某件事……應該說，其實是剛好已經開始做，現在又增加更多的勇氣了。」

「咦，是什麼事？」

「祕密。你很快就會知道了喔。」

看著月愛那張別有深意的調皮笑容，我察覺到那就是蛋糕店的打工。

「這樣啊。」

我假裝毫無頭緒地回答。

「我很期待喔。」

「敬請期待，敬請期待～！」

月愛開心地笑了。

接著，她微瞇起眼睛望向窗外的絕景。

「無論成為什麼樣的大人……」

月愛以思緒彷彿飛到大海另一邊的眼神喃喃說道：

「人家希望……像這樣欣賞美麗的事物時，我們能永遠在一起。」

我和露出些許害羞笑容的月愛對上視線。

「是啊。」

我的心頭一熱，感到無比的溫馨。

雖然觀光客陸續造訪這間宅邸，我們的小組成員也都在附近。

然而在那個瞬間，我彷彿陷入整個世界只有自己和月愛的錯覺。

◇

在那之後，我們又參觀了幾間異人館，接著前往下一個行程。

「學長～♡你剛剛坐在撒旦紅椅（註：位於北野異人館街的「山手八番館」，據說可以實現願望的椅子）上許了什麼願～？」

即使走在路上，山名同學仍然抱著關家同學的手臂緊緊黏著他。

「當然是『希望明年能考上學校』啦。」

「咦～就只有那個？」

「……只要考上後，不就能和笑琉在一起了嗎？」

「討厭啦～♡好喜歡學長～♡」

就在男朋友突如其來的示好逗得山名同學心花怒放的時候——

「山、山名！那個男的是誰？」

一位站在路邊的星臨高中男老師斥責了山名同學。

儘管現在是小組行動時間，但行程上是在異人館街解散，因此幾乎所有學生都將旅遊路線安排成就地參觀異人館。所以老師們也待在此地看守。

「抱歉啦，老師～！」

「在小組行動時擅自離開，搭訕男生……身上的打扮還全都違反校規。妳真的是個問題學生耶！」

山名同學急忙離開關家同學的身邊，然而老師仍舊繼續在後面不斷訓斥。

「今天不能大意呢……」

月愛感受著老師從遠方投來的視線，同時看著走在前方有段距離的關家同學，憂心忡忡地對好友嘀咕。

「是怎樣啦，氣死人了～！」

山名同學則是回頭望向後方，嘴裡不停抱怨。

「我才沒有搭訕過男人。怎麼可以因為是辣妹就憑外表判斷……他是我男朋友耶。」

之後我們離開北野町，前往南京町的中華街吃午餐。

不過——

「山名同學，那個男生是誰？不可以在校外教學時搭訕喔！」

當我們買了包子邊走邊吃時，被巡邏的A班導師看到了。

山名同學只好先離開關家同學的身邊，出了南京町再黏回去。

「學長～♡」

然而在海邊的HARBORLAND，女生們一面走一面喝珍珠奶茶時——

「A班的山名同學？妳在做什麼！該不會是在搭訕男人吧？」

又被年級主任看到了。

「好煩……」

第三次離開關家同學身邊的山名同學掛著殭屍般的表情，走在碼頭上。

眼前是一片碧藍的大海與停靠在岸邊的大型白色遊艇。雖然能看到港塔那座地標建築與摩天輪等令人愉快的風景，然而對於與關家同學的寶貴約會不時被干擾的山名同學而言，似乎只是令人憂鬱的景象。

「到底是怎樣啦，好想死……」

「畢竟大家都在三宮附近觀光，走的路線都一樣嘛。所以老師也會過來。」

月愛站在好友旁邊安慰她。

「既然這樣，乾脆去有馬溫泉之類的地方吧？」

「決定路線的時候也沒想到『學長』會來嘛，這也是沒辦法的事。」

黑瀨同學與谷北同學也喝著珍珠奶茶加入對話。

「話說喔。為什麼大家都覺得是『我搭訕男人』啊？退一百步來說，就算是和搭訕認識的男生走在一起，難道就不會認為是我被搭訕嗎？」

「那都是因為妳平時挑釁的生活態度所致喔，妮可。」

「真不想被妳這麼說耶……妳不是在檢查頭髮時經常被叫去訓話嗎？」

「我又沒有打耳洞～在學校時做的指甲和化妝也都只有最基礎的程度。」

「反正我們是辣妹嘛～哪裡出了問題時就很容易被盯上呢。」

月愛開心地笑著，勉強維持現場的氣氛。

然而山名同學很難與關家同學待在一起的事實仍然沒有改變。

「先不說那些。妮可，那邊有個很上相的景點喔。去拍個照吧。」

「不錯耶～走吧走吧，妮可！」

「那邊好像也有很『上相』的紀念碑喔。」

「這樣啊，謝謝妳，海愛！我們也去那邊看看吧！」

「…………」

正當女生們努力鼓舞著山名同學時，我則是走向關家同學。

順帶一提，阿仁今天都是和阿伊一起行動。對阿伊而言，這麼做也能讓他不會被谷北同學纏上。兩人現正坐在碼頭陰涼處的長椅上。我猜他們一定是在聊ＫＥＮ的影片。

「龍斗，真是抱歉啊。」

當我靠過去時，關家同學就主動道歉。

「不會啦，這話應該是我說才對……不好意思。」

由於關家同學露出從未見過的低姿態，我也放軟了態度。

「讓你難得大老遠過來，我卻沒辦法幫你和山名同學約會……」

「沒有啦，是我自己要來的。在學校活動卻和外人走在一起，被罵也是沒辦法的事。」

看來關家同學對於小組的氣氛被山名同學的低落情緒打壞感到很不好意思。

「……不過話說回來，我和關家同學聊天就完全沒有被訓斥呢。」

雖然剛才訓斥山名同學的年級主任正看著我們，然而他卻毫無反應，沒有打算過來說些什麼的樣子。

「大概是因為山名的生活態度吧。還有男女之間有『不健康的異性交往』這種事。兩個男生在一起時就只會被認為是學生正在和當地人交流。」

「日本社會到現在還是充滿下意識的偏見呢……」

我們就這麼聊著評論社會的話題。

在女生們逛膩碼頭，天黑前又稍微逛了一下舊居留地（註：過去擁有治外法權的外國人所居住的區域），然後我們就住進了美利堅公園裡的某間飯店。

◇

我們在看得見海景的飯店餐廳裡享用了自助晚餐之後——

「欸欸，龍斗。」

就在學生們用完餐，分成男女兩邊各自回到房間時，月愛偷偷叫住我。

「嗯？」

已經走到走廊上的我要阿伊先回房，自己則回到餐廳的出入口。

然後就看到站在出入口的四名女生小組成員神情嚴肅地望向我。

「人家有事想拜託龍斗……」

月愛似乎代表女生發言，朝我雙手合掌。

「什、什麼事？」

她對被這種非比尋常的氣氛嚇到的我，說出一句不得了的話。

「拜託你今天晚上睡在我們的房間。」

「如、如果是那樣，不也可以用那種方式冒充山名同學嗎？」

「因為我們房間第一天晚上太吵了，老師巡邏的時候變得很嚴格。」

黑瀨同學說明之後，谷北同學也點點頭。

「對對對。老師會用手電筒確認每個人的臉，檢查有沒有確實待在棉被裡。每次那樣照都會被吵醒呢～」

這麼聽起來，感覺確實比男生房間還要嚴格。我可能是因為白天太累睡得很死，沒注意到有那樣的巡邏。

「而且妮可在今天觀光的時候被盯上了，晚上也會檢查得很嚴格吧。」

「可是假如用手電筒照臉，老師不就會發現是我嗎……？」

「若戴上假髮再用棉被蓋住臉，應該不會被發現吧？」

「再怎麼說，老師也不可能拉開棉被檢查長相吧。」

「我帶的假髮裡面剛好有一頂顏色很像妮可～！雖然髮尖沒有染色，但老師應該不會看得那麼仔細吧。」

在月愛、黑瀨同學與谷北同學的連番勸說之下，我越來越沒有退路。

「欸，龍斗，不行嗎……？」

最後月愛擺出央求的眼神，讓我想拒絕也拒絕不了。

「妮可今天很難和關家同學在一起對吧？明天回去後，關家同學就必須繼續準備考試，兩個人到明年為止幾乎見不了面喔？所以人家想在最後幫他們留下回憶。」

出於為好友著想的熱忱，月愛的雙眼熾熱而濕潤。那個樣子好性感……不對，這種時候我還在胡思亂想什麼啦。

「……那、那個啊，關家同學答應那件事了嗎……？」

我搬出關家同學的意願當成最後的抵抗。

「哪件事？」

「就是山名同學住在關家同學房間的事……」

關家同學可是在雙重約會之後，以會妨礙念書為由，憑藉鋼鐵般的意志拒絕了打算強行與他發生關係的山名同學，還說出「我們保持距離吧」這種話。即使山名同學去他的房間，也可能會立刻被趕出來。

「啊～那方面沒有問題！剛才我到他的房間取得同意了。」

谷北同學說得那麼乾脆，讓我有點傻住。

「是、是嗎？」

「嗯，他說可以。」

「這、這樣啊……」

我想起谷北同學在教室的陽台上逼我陪她跟蹤月愛時的事。

——所以你到底要不要去？POWER————！

關家同學可能也遇上了那種充滿莫名魄力的威嚇。

「總而言之，對象已經點頭。接下來等加島同學同意過來，我們就開始執行作戰。」

「是、是這樣啊……」

三個女生投來滿懷期望的眼神。山名同學也露出既害羞又過意不去的眼神，那個眼神中還隱約帶著若是拒絕就會揍人的氣勢。

我深思熟慮了十幾秒。

「……我、我明白了。」

到頭來，自己也沒有除了這個回答以外的路可走。

◇

「啊，比想像得還要自然耶！」

我在熄燈時間之前來到女生房間，谷北同學隨即將假髮戴在我的頭上。

而山名同學早就已經在所有女生房間準備就寢時，趁亂前去關家同學的房間。

「不錯嘛，龍斗。很可愛耶！」
月愛看到戴著假髮的我，開心得不得了。
「畢竟加島同學的長相很柔和嘛。雖然適合女裝，但以妮可的替身來說少了點魄力。」
「那麼，要不要化點妝？」
「啊，那也不錯喔，瑪莉美樂！」
「拜、拜託住手啊……！」
我可沒有那種嗜好！

好不容易拒絕化妝之後，我讓女生把我的假髮固定到躺下來也不會掉的程度，便在熄燈時間前一刻鑽進床上。
「……谷北同學，妳真的要睡在那邊嗎？」
我這麼詢問躺在腳邊附加床上的谷北同學。
月愛她們的房間是三人房。除了三張併排在一起的單人床以外，還用另一張小一號的床換掉了沙發。
考慮到女士優先的原則，我應該睡在那邊比較好吧……
「啊，沒關係～沒關係～我長得很小隻。而且在家裡都是睡地板，所以不會在意睡什麼床啦。」

谷北同學在奇怪的地方總是很不拘小節，這種地方感覺和阿伊很像。如果他們交往了，應該會相處得很好。

「是、是這樣啊……」

我尖著嗓子回答她之後，躺回床上。

根本冷靜不下來。

那是因為……

「龍斗，晚安。」

蜷縮在被窩裡的月愛就在眼前對我微笑。

「晚安，加島同學。」

背後傳來黑瀨同學的聲音。

「嗯、嗯，晚安……」

我稍微朝天花板這麼說之後，把身體轉回面對月愛的方向。

退一百步來說，讓谷北同學睡附加床也就算了。

可是偏偏——

為何讓我睡在三張床的正中央啊？為了解開那個謎團，我們踏入亞馬遜叢林的深處……

不對，現在不是逃避現實的時候。

——人家睡在靠門那邊吧。在前面很容易被發現。

——加島同學睡在正中間吧。按照人類的心理模式，老師雖然會仔細檢查前面和後面，但是中間的床上可能只要有人躺著就可以了。

——說得好～！瑪莉美樂真聰明！

於是我睡的位置就這麼決定了。

「……呵呵。」

月愛默默地看著我，微微一笑。

「感覺好近喔……」

她的臉頰染上紅暈，臉上的表情夾雜了害羞與幸福。

是的。這三張床的距離很近，床與床之間只能勉強站一個人。只要翻個身，鄰床那人的臉可能近在面前。

月愛就在這樣的距離裡……我們的眼睛位於同樣的高度並排睡在一起。在江之島的旅館時我們也睡得很近，但是現在的月愛比那個時候可愛好幾倍……不對，她原本就很可愛了。該怎麼說呢，像是表情、動作，還有對我的反應全都更加可愛了。

如果我們獨處一室，我的理性可能會飛到不知道哪裡去吧。

而且，與月愛的距離很近，就代表自己也很靠近另一邊的黑瀨同學……這樣一想，就感到背上傳來麻癢的感覺。

「大家可以吧？關燈囉？」

「嗯，謝謝妳，海愛～！」

開關似乎在黑瀨同學的枕頭邊。燈光暗掉了。

黑暗降臨於屋內，只能聽到衣物摩擦的聲音……

三個女生的洗髮精氣味，她們睡前抹在肌膚上的某種乳液香氣，以及山名同學留在被窩中的氣味混合在一起，讓我有種彷彿置身於女更衣室的感覺。雖然沒進去過，但一定就是那樣的感覺。

心跳不已，心神不寧。

在這樣的地方，根本不可能立刻睡著。

第一個聽到的平穩呼聲來自腳邊的谷北同學。

接下來是眼前的月愛。

背後則是不時傳來翻身時的衣物摩擦聲。只要想到黑瀨同學也還沒睡著，我就沒辦法把頭轉向後面。

我沒有翻身，而是對著月愛的方向壓低呼吸聲……

過了不久，走路一整天的疲勞就湧了上來……

不知不覺間，自己已經連眼皮都懶得張開了。

◇

醒來時，屋子裡還是暗的。而我則是在不知不覺間變成仰躺的姿勢。朝窗簾望去，還看不到從縫隙間透進來的光。

黑瀨同學背對著我，蜷縮在被窩裡。只能看到那頭修長的黑髮。她應該已經睡著了，可以聽到規律的深沉呼吸聲。

我看了看放在枕頭邊接著充電線的手機，現在是深夜兩點。竟然在奇怪的時間醒來。就在準備閉上眼睛繼續睡時……

「咦？」

我情不自禁地發出了聲音。

月愛的床上看不到人影。

本來以為她去上廁所，然而浴室的燈沒有開著。

由於房間的鑰匙交給老師保管，在其他室友都睡著的晚上，她應該沒辦法隨意外出吧。

如此一來，可以想到的就是……

我撥開遮光窗簾往外窺看，月愛就在陽台上。

位於濱海地區的這間飯店所有客房都設有陽台。可以欣賞到璀璨的夜景是這裡的賣點。

月愛整個人倚在欄杆上，茫然地眺望閃耀著港口與高層大樓燈光的夜景。

「……月愛？」

我打開窗戶喊了她一聲，讓月愛回過頭來。

「龍斗，吵醒你了？」

「不是……莫名其妙就醒來了。」

「人家也是。」

我將腳套進另一雙陽台用的拖鞋，走到窗外。考慮到說話聲會吵醒黑瀨同學她們，我還關上了窗戶。

氣溫沒有想像得那麼冷，不過深夜戶外仍然有些涼。

「……妮可他們已經睡了吧？」

月愛突然抬頭往上望去，這麼說道。這裡是十二樓，而關家同學的房間聽說在十三樓。

順帶一提，男生房間位於十一樓。

「應該睡了吧。」

我不加思索地回答，隨後想到也有還沒睡的可能性……那種色色的想像讓害羞與羨慕的情緒在胸中翻滾。

「妮可終於能和喜歡的人結合了呢……」

月愛喃喃說著。她的眼中有著對好友的祝福……可能是我的錯覺，似乎還能看到羨慕般的感情。

「真好……」

不是錯覺。月愛的低語洩漏了自己內心的想法。

那句話聽起來簡直就像「人家也想上床」，讓我心臟跳得飛快。

我搔了搔頭，想要壓下慌張的情緒。

「……啊。」

忘記自己還戴著假髮。可能是睡著時假髮稍微歪了。於是當自己一搔頭髮，假髮就被手指勾住掉了下來。

「得重戴了……話說這樣沒被發現吧？不知道老師有沒有來巡邏……妳有注意到嗎？」

「沒有。今天沒看到人。可能還沒來吧？」

「這樣啊。」

「既然是最後一個晚上，搞不好老師也累得睡死了。」

「或是在開趴之類的？」

「啊～有可能喔。」

我一邊和她聊著，一邊把假髮重新戴好。

「剛才是谷北同學幫我戴的……這有辦法自己處理嗎？」

「人家幫你戴吧，借一下假髮。」

月愛拿走假髮並戴在我的頭上。

那股又像花香又像果香的香氣飄了過來。

月愛離我好近。

她突然接近讓我的心跳瞬間加速。

「……咦？不好戴耶……啊，沒有髮網嘛。」

「咦？掉了吧？不知道在哪裡呢。」

壓住頭髮的網子似乎在不知不覺間滑落。所以假髮才會被勾下來。

「沒有髮網還有辦法戴嗎～要不要用別針固定頭髮？」

月愛努力地想幫我戴上假髮。

月愛的臉就在說話時能讓我感受到呼吸的距離。她抬起手臂，觸摸著我的頭。

她的睡衣是我們視訊通話時經常看到的蓬鬆連帽衣。拉鍊就像平時那樣拉下來露出那宛如註冊商標的乳溝。平時只能透過手機看，然而現在就在伸手可及的距離。

「…………」

我吞了口口水，將視線移向陽台外面。

即使睡前外面的燈光已經變少了，濱海地區的夜景仍然像寶石般璀璨閃耀。黑漆漆的大海在水面上倒映著陸地的光輝。

寧靜的夜晚。

天空中毫無曙光現身的預兆，這個夜黑得非常純淨。

由於窗戶的遮光窗簾完全拉起來，從室內看不見我們的身影。

在這種地方……和月愛如此接近……讓我的腦袋差點就要浮現不軌的想法。

「龍斗……」

就在我胡思亂想心跳加速的時候，月愛突然說道。

「仔細一看，你的眼睛很漂亮呢……」

處理假髮的的手早已停下動作。那雙眼眸注視著我，裡頭搖曳著宛如夜晚海面的光芒。

「皮膚也很漂亮……」

這時，我做出連自己都感到驚訝的舉動。

我握住了眼前月愛纖細的手臂。

「啊……」

假髮從我頭上滑落。

我們默默地看著彼此。

在江之島也曾見過的沒有化妝的月愛，看起來比平時更為稚氣……然而那濕潤眼瞳與輕啟的嘴唇，讓她宛如勾引男人的妖冶成年女子。

「月愛……」

我不禁湊上去吻了她。

輕輕移開臉之後，我們再次注視彼此。

「龍斗……」

月愛那對微微張開的雙眼含情脈脈，臉頰則是紅得連在這種夜晚都看得出來。微張的朱唇，像發燒般不斷淺淺地呼出炙熱的氣息。

看到月愛這種表情的瞬間，我聽到腦中發出理性斷線的聲音。

回過神時，自己又吻了她一次。

這次吻得很深，彷彿就像咬上去似的。

我的舌頭伸進那接受了自己的雙唇。

迎接我的舌頭先是纏了上來，隨即又逃跑似的退開。我立刻追了上去。

「嗯……」

月愛的喉頭發出聲響。我被那個聲音激起興奮的情緒，舌頭的動作變得更加激烈。

身體好熱。胸中宛如有把火在燃燒。

不知不覺之間，我倆已經緊緊抱在一起，互相磨蹭著彼此。

朝感受到彈性的胸前望去，就看到白皙的乳溝在眼前晃動。

我離開她的唇喘口氣，月愛則是以嬌豔的表情注視著我。那雙眼睛含情脈脈，嘴唇被不知道是誰的唾液沾濕，同時又彷彿仍然渴求著我似的微微張著。

「月愛……」

已經停不下來了。

一旦激情熱吻之後，口中與腦海裡就全部充滿了月愛。

我想感受更多的月愛，於是隔著寬鬆的連帽衣觸摸那富有彈性的柔軟。

「啊……」

月愛扭著身子發出喘息。胸中的火焰變成熊熊大火，讓我更加心急地搓揉那富有彈性的柔軟。

就在腦中無法進行思考，準備拉下連帽衣的拉鍊，將手指伸向白皙的肌膚時——

「等、等一下！」

月愛離開了我的唇，慌張地這麼說。

她先是與我拉開距離，一臉緊張地看著我。

「現在有點……不能再更進一步……」

到了這個時候，我才回過神來。

「……說、說得也是呢……抱歉。」

自己到底在做什麼啊……

恍神了一下之後，我這才恢復理性，臉色唰地一下變得蒼白。

「……真的很抱歉……老、老師有可能會來巡邏，先回去吧……」

「嗯……」

我撿起掉在腳邊的假髮，和月愛回到屋內。

假髮就不戴了。我鑽進被窩裡，改用棉被蓋在頭上。

回想起剛才的事，心臟仍然跳個不停。

與此同時——

——等、等一下！

——現在有點……不能再更進一步……

一想起月愛的為難表情，就感到很沮喪。

她應該不想做吧……

……對啊。仔細想想，月愛已經跟我約定好「當人家想上床的時候會告訴你」。而月愛還沒有說出那樣的話。那種有如前戲的行為對她來說一定不是有意為之……

我真是個爛人。

明明說過「會等到月愛想做」那種話，卻又輸給自己的慾望，自顧自地失控亂來。當時若不是月愛喊煞車，我也不知道自己會做到什麼程度。

不過話說回來，本能真是可怕的東西。即使是我這種對男女情事一無所知的處男，竟然也能做出那樣的深吻。

月愛的臉實在是又色又可愛……啊，不過她當時可能真的不想做……

我陷入興奮與自我厭惡的無限循環，完全沒有睡意。

注意到的時候，房間裡已經泛起些許白光。那是從兩片遮光窗簾的交界處透進來，沒能完全遮住的陽光。

我從棉被裡探頭看了一眼窗戶，眼神隨即停留在旁邊的床上。

「……嗯……」

黑瀨同學在不知不覺間面向了我。

「……同學……」

她似乎睡得很淺，嘴裡喃喃唸著什麼。

「……加島……同……學。」

被她喊出自己的名字，讓我的心臟猛力跳了一下。

黑瀨同學仍然閉著眼睛。

不管怎麼看，她那個樣子都是在說夢話。然而我還是受到很大的震撼。

——我就不用了。反正也沒有需要占卜的戀情。

雖然她說了那種話，擺出豁達的態度。

但也許……感情不是那麼容易說變就變的。

想到這裡，我就感到一股難受又內疚的情緒。

這時，外頭傳來「叩叩」的敲門聲。

我看向手機，距離起床時間只剩三十分鐘。

都已經這個時候，老師應該也不會來了。所以我只能想到一個人。

「……山名同學？」

由於其他人都還沒起床，於是我下床前去開門。站在走廊上的果然是山名同學。

「……謝謝。」

山名同學帶著有點尷尬，又有點羞澀的表情走進房間。

「……妮可？」

月愛這時從床上坐起身來。儘管我不想吵到別人，她可能也很淺眠。

「咦，已經是這個時候了？糟糕！化妝和頭髮……不對，妮可，真的恭喜妳了！」

「咦，啊，嗯……謝謝……」

當我們講到一半，谷北同學也被說話聲吵醒了。

「妮可，歡迎回來～！感覺怎麼樣？變成大人之後妳有什麼感想？」

她才剛起床就情緒高昂地拋出如此辛辣的話題。

然而山名同學卻略顯困窘地搔了搔頭。

「呃，其實呢……沒有進去……」

「「咦，為什麼？」」

月愛和谷北同學同時叫出聲來。

山名同學在正中間的床鋪……也就是我剛才睡的地方坐下。月愛和谷北同學分別坐在她的兩邊。當然了，黑瀨同學也早就因為這陣騷動而醒來。

山名同學尷尬又難為情地縮起身體。

「感覺……學長的比想像得還要大。」

「咦，有那麼大？」

「我曾經聽前人說過，那東西大部分都是和身高成正比……」

「真假？那伊地知同學的伊地知同學不就超誇張嗎！不會吧～～會讓人妄想耶！」

「小朱璃，現在是在討論小笑琉的事喔。」

「妮可，繼續說吧？」

「如果我不是第一次，應該就完全沒有問題啦……」

山名同學搔了搔臉頰，說了下去。

「雖然我們很努力，可是一直進不去……於是我咬牙忍耐，不過被學長摸著頭說『不用逞強』……所以就抱在一起睡覺。我睡不著就是了。」

「這樣啊……」

「咦，妮可會不會太殘忍了？」

那些報告讓谷北同學激動地說道：

「那樣一來，學長的學長不就一直到早上都是學長的狀態嗎？」
「不，我也覺得那樣子很對不起他，所以……」
山名同學說完就把手擺在臉頰旁，讓谷北同學和月愛湊過去說悄悄話。
「咦～不會吧，妮可好大膽喔！」
「看不出是第一次耶！」
兩人興奮不已。黑瀨同學似乎也聽到了，紅著一張臉，雙眼不停眨呀眨地。
女生竟然連這麼敏感的話題都會對朋友說嗎？話說既然要講的話乾脆也告訴我吧！在意得不得了耶！
站在門口旁邊的我因為這股被排除在外的感覺而大受打擊。
不過自己也差不多該回房了。否則等到起床時間，就會被發現早上才回去。雖然擔心阿伊是否醒著，然而不回去也不行。
「那、那個，我差不多該走了……」
看到她們正在開心嬉鬧，我一邊覺得不好意思一邊開口。接著女生們看了我一眼。
「哦，加島同學。你還在啊。快走吧。」
谷北同學，這也未免太過分了吧！
「啊、嗯，龍斗，待會兒見……」

月愛則是幾乎沒有望向我。

不知道她是太過投入於朋友所說的話，還是因為剛才的事而尷尬得不敢看我……

在這個時候——

「謝謝。」

朝聲音的方向望去，就看到坐在床上的山名同學筆直地注視著我。

「多虧你的幫忙，我在校外教學留下了很棒的回憶喔……感謝你。」

那是我從來沒見過的溫柔表情。

突然再次想起第一次和山名同學聊天時的那天。

當時她的表情與現在判若兩人。不但以銳利的眼神上下打量我，甚至感覺得到敵意。

從那天之後，季節轉換了好幾次。

如今我終於不只被視為月愛的男朋友……還被她當作朋友。有種不可思議的感慨。

「不、不會，別客氣……」

我莫名地緊張起來，有如逃走似的離開女生房間。

在那之後，我在傳出響亮鼾聲的自己房間門前敲了五分鐘以上的門，直到把阿伊叫醒。

結果就被隔壁房間的嗨咖男生取了個「敲門兵長」這種很像人類最強士官長的綽號。不過那完全是題外話了。

◇

隔天的行程是參觀位於新神戶的布引香草園，然後搭乘新幹線在傍晚前回到東京。

由於整天都是集體行動而且有老師盯著，因此我們在飯店稍微與關家同學打過招呼後就和他道別了。

阿仁大概不知道山名同學和關家同學昨天共度一夜的事。看女生們那個樣子，她們也不可能說出來。而我對阿伊解釋不在房間裡的原因時，已經嚴格要他保密。所以應該不會有別人知道。

「好想哭哭喔～～學長～～人家好寂寞～～」

「可是……既然可以在一起，那就沒關係了吧？」

「也是啦～嘿嘿嘿♡♡♡」

不過以她那副德性，被發現大概也只是遲早的事。

「喂，阿伊還沒有和ＫＥＮ見過面吧？」

「聽說不久後會辦線下會喔。」

「真好～～幫我拍張沒有戴墨鏡的ＫＥＮ照片吧。」

「不行。好不容易成為參加粉，我才不想被永ＢＡＮ。」

阿仁今天仍然與阿伊待在一起。

布引香草園位於必須搭纜車才能抵達的高地上。從各式各樣色彩繽紛花朵綻放的山丘上眺望的景色，比魚鱗之家更為壯觀。

——無論成為什麼樣的大人……人家希望……像這樣欣賞美麗的事物時，我們能永遠在一起。

我想起月愛的話，於是望向她。

月愛今天一直和女生們在一起。還特別愛黏著山名同學，有時又會和黑瀨同學或谷北同學說話。

「……我們明明就在欣賞美麗的事物呢……」

「阿加，你說什麼？」

我似乎不小心吐露了心聲，連忙轉頭對阿伊說句：

「沒有啦……沒什麼事。」

自從昨晚在陽台的對話之後，幾乎沒有和月愛說上話。

——現在有點……不能再更進一步……

那句話是什麼意思呢？

她真的不願意嗎？

我想聽月愛的真心話。

然而，感覺自己害怕問出那樣的問題。

就這樣，我的校外教學旅行就在與月愛的尷尬氣氛中結束了。

第四・五章　露娜與妮可的長時電話

『啊～～真是的～～愛死學長了♡』

「是是是。」

『啊～～超棒的♡如果那個晚上能一直持續下去就好了……』

「真是的，妮可老是在講那些。」

『呵呵呵♡抱歉喔♡』

「……妮可。」

『嗯？』

「結果妳和關家同學的關係怎麼樣了……？」

『什麼怎麼樣……就和之前一樣啊。有什麼辦法呢，人家就是喜歡他嘛。絕對不可能分手。』

「也是呢……」

『總之，這一年就努力打工，放空腦袋拚命賺錢吧。閒下來真的不好呢。不但會讓人想太多，還會讓人感覺寂寞。』

「也是呢……可能就只能那樣了。」

『露娜那邊呢？和男朋友在同個房間度過一夜，有什麼進展嗎？唔，也不可能有吧。畢竟妳妹妹和小朱都在。』

「…………」

『咦，有喔？』

「……我們在陽台接吻了。」

『只有接吻？』

「嗯……不過是很色的那種。」

『真假？是誰先的？』

「是……龍斗，不過人家也不討厭。」

『欸～什麼嘛，好下流喔～！』

「人家才不想被真的去做色色事情的人說耶。」

『哈哈哈！有什麼關係嘛……接吻很棒吧？』

「嗯……」

『……怎麼？發生了什麼事嗎？』

「沒有。」

『怎麼了？多了新的煩惱？』

「嗯～也不是那樣啦……只是人家打算把自己現在最真誠的心意第一時間告訴龍斗。」

『……這樣啊。終於遇到讓妳想那麼做的男朋友了呢。』

「嗯……」

『那樣就好！』

「但是就像妮可說的。」

『嗯？』

「即使會害羞，在碰了他之後……」

『就開始心癢了？』

「……嗯。」

『嗚哇好色～～！妳發情了耶～～！』

「人家才不想被妮可那樣說啦～！」

『呵呵。那麼歐樂●蜜C的自我練習做得如何？有進展嗎？』

「關於那個啊～人家算是試過了，可是感覺實際上絕對不是那樣～～瓶子看起來就是瓶子嘛。」

『那當然啦～因為是瓶子啊。』

「而且還冰冰的。」

『泡一下熱水呢？』

「就說不是那個問題～！越試只會越空虛！」

『哈哈哈！』

「感覺好挫折喔～～」

『還不是因為妳要我教脫離死魚的方法，才會硬想出那種點子。』

「也是啦～」

『要不要上網查查看？可能會有更好的方法喔？』

「嗯～雖然那樣可能也不錯……」

『嗯？』

「……人家感覺在龍斗面前也許不會變成死魚呢。」

『是嗎？那不就好了～』

「嗯……即使一點自信也沒有啦。」

月愛坐在床上抱著膝蓋，望向窗邊。

放在窗框上的棕色瓶子插著白色情人節時收到的花束裡的其中一朵。花朵已經差不多枯萎了。而拜託祖母照顧的其他花朵則是仍然在餐廳桌上開得活力十足。

月愛注視著窗邊的花，微微瞇起眼睛。

「在陽台接吻時，人家是那麼想的……」

她呼出炙熱的氣息，喃喃地說著。

第五章

校外教學結束之後進入春假，我過著一直見不到月愛的日子。她總是以很忙沒空的理由避不見面，一定是因為打工吧。

而我則是去補習班上春假輔導課，集中精神開始準備考試。

「關家同學。」

在自息室裡遇到許久不見的關家同學。說是許久不見，從旅行回來之後我們曾見了一次面，所以也不算太久。只因為在期末考之前我們幾乎每天見面，才會說「許久不見」。

「……我打算換一間補習班。」

中午時，我們前往常去的連鎖拉麵店，關家同學這麼說了。

「改去專攻醫學部的補習班。之前試聽過一次，昨天完成報名了。」

「這、這樣啊……」

「老爸曾經去過那間。因此也得到家人的贊成。」

在等待拉麵上桌的這段時間，關家同學一邊喝水一邊平淡地說著。

「K補習班雖然不差，但那是我在學時沒想太多就報名，然後一直持續到現在而已。醫學部課程也是半途加入的。而且因為有很多就讀中的學生，那些整天待在休息室的人不是也很礙眼嗎？我想找個能更集中精神的地方。」

「哦……」

這裡確實有一部分經常逗留在休息室，以向異性搭話為目的的嗨咖們。儘管以我的觀點來看，會覺得「別在意不就好了……」，但是對於關家同學那種曾經有段時期過著風流生活裡的人而言，或許看到他們就會失去幹勁。

「那麼，我們就會很難見到面了吧。」

當我寂寞地這麼說時，關家同學搖搖頭回答：「不會。」

「我很喜歡K補習班的自習室，所以會保留學籍。以後六日兩天都會待在這裡，到時候照樣一起吃飯吧。」

這時拉麵上桌了，我們默默地開始吸起麵條。

春天來了啊——我這麼想著。

這是個變化的季節。

所有人都在逐漸改變。

開始打工的月愛，沒辦法像現在這樣經常見面的關家同學，越來越有緊張感的補習班課程……我周遭的環境也逐漸產生變化。

「……你回來後就沒有和山名同學見面了嗎？」

我在吃完整碗麵後這麼問關家同學。他點了點頭。

「不能再見面了。感覺下次遇到她就會一直做那種事。」

「那種事是指……」

「色色的事。」

雖然已經隱約猜到果然是如此。

關家同學放下筷子，嘆了口氣。

「從那次之後……我就一直想著山名。」

「……有那麼讚嗎？」

「超色的。很誇張。好想和她同居，好想永遠在一起。」

關家同學的口氣乍聽之下很冷靜，不過仍然能聽出他壓抑的興奮。同樣身為男人，我非常理解那股衝動。

「……可是你們沒有做到最後吧？」

當我這麼一吐槽，關家同學就露出吃驚的表情。

「……那傢伙連這個也說了啊？」

「不、不是啦。剛好聽到她對月愛說……」

正確來說不是只有月愛，但這裡說得保守一點可能比較好。

「看來第一次真的很難？」

聽到我這個出於好奇的問題，關家同學歪著頭。

「不知道耶……我是第一次和第一次的女生做。」

這樣啊，有點意外呢。

他所謂在高中時代「很愛玩」，可能就是字面上的意思。只與對異性很積極的女生建立淺薄的關係。

「不過既然會痛，那不就會讓人不想強迫對方嗎？況且對方還是未成年。」

「你會在意那種事喔？」

「你看嘛，法律裡姑且還是有『淫行條例』之類的東西。」

「條、條例……？」

「我姑且算是成年人了，但對方是十七歲。不只是法律方面的問題，還得遵守很多規範才行。」

「你考慮得很仔細呢……」

我大概想像得到那個「淫行條例」的內容，不過之後得查一下。

「所以還是別見面比較好……」

關家同學望向遠方喃喃說道。他應該正想著山名同學吧。

「那個，不好意思。我想問一件事。」

雖然打擾他的思緒不太好，但自己有個無論如何都想詢問經驗人士的問題。

「女孩子『想做』的時候，男生有辦法看得出來嗎？」

「啥？」

「哎呀，那個，就是表情或態度之類的……在女生覺得可以和不行時的差別。」

「啊～怎麼？龍斗也終於要『畢業』啦？」

「不、不是啦，呃……」

看到我結結巴巴的樣子，關家同學回答道：

「就和正常的交流一樣吧？在雙方對話時，不是得根據對方的反應改變丟出的話題嗎？例如接吻的時候，對方露出煽情的表情就繼續下去，如果沒那個意思就停手。」

「原來如此……」

我想起校外教學時最後的那個夜晚。

感覺當時在月愛的臉上看到了類似關家同學所說的「煽情的表情」。可是她卻要我「等一下」。

「…………」

「總之別那麼心急啦。你還很年輕。」

可能是看到我露出沉重的表情，他也隨口安慰了一下。

我感到心煩意亂。

不過在這種時候……沒錯，無論是在什麼情況下，問別人再多問題都不可能得到真正的解答。

只能去找本人了。

必須直接問出月愛的想法，我才能恢復安穩的睡眠。

◇

☆ＬＵＮＡ☆

♡♡♡生日快樂♡♡♡

龍斗恭喜你♡♡♡♡♡

往後也請多多指教喔♡♡♡♡♡

就在時間跳至深夜零點，到了我生日那天的瞬間，月愛傳了一大堆愛心亂飄的訊息，以及搖著沙鈴或拉開祝賀彩球跳舞的大叔兔貼圖過來。

☆LUNA☆
好期待明天的約會喔♡
不是明天！
已經是今天了！

又追加了慌張的大叔兔與附有「好期待喔♡」字樣的大叔兔。
LINE裡的月愛情緒高昂地和剛開始交往時沒兩樣。
我對那個樣子感到溫馨的同時，開始想像生日的約會。

◇

我們約好生日當天從上午開始約會。

——人家訂了生日蛋糕喔！就是龍斗家附近的「Champ de Fleurs」！只要到現場就可以直接拿了，能請你在見面前先過去拿嗎？

她在電話裡這麼說，於是我心跳加速地前往蛋糕店。

抵達了有著雅緻白色外觀的店面。

一走進去，渾身就被烘焙點心的甘甜香氣包圍。雖然今天是平日，真不愧是高人氣的店，展示櫃前已經排滿了人。

「我來拿白、白河小姐訂的蛋糕。」

將月愛所說的話轉達給店家後，店員發出「啊」的一聲回答：

「請稍等一下。」

她這麼說著，慌張地跑進後面。

我回想一下，才想起那位店員是白色情人節那天在購物商場的美食廣場遇到的大姊姊。

由於自己認人的能力很差，對方穿著制服時的氣質不一樣，才沒有一眼認出來。

等了一下之後，手上拿著蛋糕，再次……走出來的店員——

竟然是月愛。

月愛和其他店員穿著同樣的制服。整齊乾淨設計充滿女人味的白色襯衫，加上長度到腳踝的貼身長裙。半身圍裙和裙子一樣是暗棕色，給人成熟穩重的感覺。頭上戴著不知道該說是貝雷帽還是鴨舌帽，總之就是咖啡廳店員會戴的那種很有品味的帽子。

「您訂的是這個蛋糕嗎？」

露出微笑的月愛將蛋糕端到我的面前。

那個裝飾著鮮奶油、草莓與藍莓的蛋糕上放了寫著「Happy Birthday龍斗♡」的牌子。

「……是、是的……」

我不禁緊張地回答。月愛見狀，呵呵地笑了一聲。

「為什麼那麼恭敬？」

聽到這句話的時候，我想起了向月愛告白那天的事。

——為什麼那麼恭敬？我們不是同班嗎？放輕鬆就好啦。

月愛以純真的笑容對緊張地渾身僵硬的我這麼說。

如果將我和月愛現在的相處狀況說給當時的自己聽，肯定完全不會相信吧。

一波三折的暑假，出現距離感的秋天，深感自己不夠成熟的冬天……經過這些季節後——

如今再次回到愛上月愛的季節。

Happy Birthday

「先等一下喔，人家去換衣服。」

將蛋糕盒交給我之後，月愛以其他顧客聽不到的聲量悄悄說著，便走進後面。

我在店外茫然地等了一會兒，穿著便服的月愛就從側門走出來。她穿著和白色情人節約會時一樣的公主系辣妹打扮。

「……我們走吧。」

月愛害羞地看著我。

「嗯……」

我和她肩並著肩，踏出了步伐。

「有沒有嚇一跳？人家開始打工了喔。」

「唔、嗯……我嚇了一跳。」

「真的？可是反應好像有點少……？」

月愛露出有點遺憾的樣子。我慌張地回答：

「沒、沒有啦！應該說實在太驚訝，發不出聲音……」

「有那麼驚訝喔？那麼這個驚喜成功了！」

月愛開心地微笑。

「龍斗不是說過嗎？人家『似乎很適合蛋糕店的制服』。所以打算打工時，就決定去蛋糕店了。然後想到龍斗家附近有一間蛋糕好吃又時髦的店。」

月愛興奮地說著。從那個樣子來看，她想說這些事已經忍耐很久了。

「不過制服的款式會不會和龍斗的想像不一樣？雖然人家覺得很可愛啦。」

「不會……有種高雅的感覺？我覺得很有時尚感喔……而且也很適合月愛。」

「真的嗎……？好開心。」

月愛害羞地微笑。

「聽妮可說有很多餐飲業對儀容的規定很嚴格。還好有帽子，只要把頭髮整理好就行。而且幸好對髮色不會那麼要求。不過店家要人家別做太多美甲，所以最近就比較保守，指甲稍微短了一點。」

她一邊說著一邊給我看她做的指甲。是很典雅的櫻花粉。

「人家好像很適合接待客人喔！店家和客人都很好。賣剩的蛋糕或甜點也很好吃，每天都過得很開心。」

說這些話的時候，月愛顯得很有朝氣。連在一旁聽的我都開心了起來。

「……為什麼想打工呢？」

我想起我們在剛交往不久時的對話。

——白河同學不打工嗎？

——人家就不用了～聽妮可說碰到麻煩的客人時會累積很多壓力，而且奶奶偶爾會給人家零用錢，還算過得去。

考慮到她之前說了那樣的話，讓我開始在意她的內心出現了什麼樣的變化。

「……人家不想被大家拋下，覺得也該往前走了。」

月愛突然露出認真的表情。

「可能是人家想在生活中找到某種重心……想要腳踏實地的感覺。人家以前常常都是隨波逐流，別人說什麼就做什麼……不管是對家人，還是對其他人。」

她低著頭這麼說之後，再次望向前方。

「所以人家就是想試試看。這是為了讓自己能認真思考未來的事。」

邊說邊露出微笑的月愛臉上浮現自嘲般的陰影。

「雖然這次是龍斗說『很適合』，人家就去蛋糕店打工。結果還是別人說什麼就做什麼，有點丟臉呢。」

我們搭電車到A車站，接著往荒川的方向走。

堤防上種的行道樹是月愛喜歡的櫻花。由於我的生日剛好與櫻花的開花時間重疊，因此事前做了一邊賞花一邊慶生的計畫。而今年的櫻花開得早，東京都的櫻花內似乎從昨天就進入盛開期，正合我們的意。

穿過熱鬧的商店街，走在住宅區通往河邊的路上，我思索著月愛說的話。

自己也受過許多人的影響。然而那算是「隨波逐流」嗎？

「……一個人之所以會受到他人的話語影響，我認為那是是因為人的心裡……至少在無意識之中存有自我的主張。」

我想著自己的情況說道。

「既然如此，遵循自身主張就不算是『隨波逐流』喔。」

月愛的眼睛張得大大的。

「打個比方。月愛，如果我說『妳似乎適合做教國中生數學的打工』，那麼妳現在就會當家教嗎？」

月愛愣了一下，用力揮動雙手。

「咦，不可能不可能不可能不可能！絕～對不可能！」

「所以妳看吧。」

她的反應讓我不禁笑了出來。

「人會避開自己排斥或做不到的事。」

月愛露出豁然開朗的表情注視著我。

「所以我認為月愛不是『隨波逐流』……那代表的是『與別人一起生活』。」

朋友很少，不久前連女朋友這種存在都沒有的我，缺少獲得這種自我認知的機會就是了。和月愛相遇之後，感覺自己越來越能理解與別人生活是怎麼一回事了。

雖然總是在思考與月愛之間的關係，不過也有很多月愛以外的人與我交流。

像是阿伊與阿仁。我們一起聊KEN的話題時會很開心。但不僅如此。無論是快樂或難過的時候，我們都會互相扶持，以親身體驗告訴其他人戀愛有多困難。年長的關家同學經常走在我的前面幾步，給予刺激與提醒。山名同學與谷北同學教導了我關於女孩子的多樣性。黑瀨同學……曾是初戀對象的她讓我得到三言兩語也說不完的各種經驗。

現在的我受到許多人的影響才能站在這裡。基礎思考方式或許受到養育我的雙親影響，然而現在的自己並非只憑這樣就能塑造而成……只待在家裡是無法得知的……是自身周遭的人們教導我其他人們的想法，以及世事無法盡如人意。

月愛也是一樣……不對，受到眾人疼愛的她一定比我有更深刻的體驗。

「月愛身邊有很多影響妳的重要人士吧。」

如果我也能成為其中一分子就好了。

「況且，我也受了妳的影響喔。」

「咦……？」

月愛一臉意外地看著我。

「真假？」

「嗯……就是想到和月愛未來的生活，才這麼早就開始上補習班……」

然後遇到關家同學，受到更多的影響。另外也因為受到我尊敬的ＫＥＮ的影響，決定以法應大為目標。

「我的朋友或認識的人沒有月愛那麼多。但是我發現自己的人生原來也是受到許多人的影響。」

聽到這些話，月愛緩緩地眨了眨眼。

「人家就覺得龍斗是那樣的人。會仔細考慮很多之後再行動。」

接著她有點喪氣地稍微垂下頭。

「很感激龍斗的安慰……但是人家的人生裡，確實有段隨波逐流的時期喔。」

月愛偷看了我一眼，繼續說道：

「……像是和前男友的經驗之類的。」

「…………」

我深吸一口氣。月愛低著頭繼續說下去。

「隨波逐流是很輕鬆的事情喔。只要照著對方的想法，就可以裝出一切都很順利的樣子……雖然事後才會發現根本不是那樣。」

月愛回想起過去的交往經驗，我也不太好受。

「男人的性慾不是很強嗎？不過人家沒那麼想要，跟不上那種情緒，所以全部交給對方會比較輕鬆。」

就在這時，我突然驚覺一件事。

——等、等一下！

想起月愛在陽台上急忙離開自己身邊的樣子。

「那個，月愛，抱歉，關於校外教學那天晚上……」

明明一直耿耿於懷，卻又沒有好好道歉所產生的罪惡感讓我慌張地連話都說不好。但還是盡力地說明。

「我真的在反省了。明明說『會等到月愛想做』，卻不顧妳的想法失控亂來……」

我趁著停下腳步等紅綠燈的時候，對她低下頭一口氣說道：

「往後絕對不會做出那種行為。從此以後我們兩人在一起時，我就當自己被閹掉……」

「閹掉？不對先等一下！」

月愛連忙打斷我的話。

「龍斗，聽人家說。」

我抬起頭，看到月愛微微一笑。

「人家沒有感覺，隨波逐流是在和龍斗交往前的事了……這陣子已經不一樣囉。」

「咦……」

「人家現在知道了。之所以沒感覺，不是因為人家是女生，慾望很少……是因為沒有那麼喜歡那個人啦。」

稍微苦笑的月愛和我對上視線，露出害羞的表情。

「在校外教學的那個晚上和龍斗接吻時……雖感覺很害羞，可是……人家很舒服喔。」

她一邊說著，一邊在意他人眼光似的左顧右盼。不過除了從眼前經過的車輛以外，附近沒有別人。

「喜歡龍斗的心情不斷從胸口湧出……腦袋一直想著龍斗，好想多感受一點龍斗的觸感……回過神時已經什麼都顧不得了。」

「咦，可是……」

我感到既開心又激動。然而另一方面，月愛當時的樣子依然令人在意。

月愛彷彿知道我在想什麼，微微一笑。

「當時人家會阻止你……是因為如果繼續親下去，可能就會做到最後。」

「咦？」

聽到這句意料之外的發言，心臟好像要爆炸似的猛跳一下。

「因為我們在陽台上嘛……而且都沒有帶……套子之類的吧？」

月愛的聲音越來越小，臉頰紅了起來。

「呃，哦……」

我也跟著害羞起來，耳朵感覺變得好燙。

月愛碰了碰我的手。那是右手啊……雖然這麼想，但她毫不在乎地握住我的手。

「……即使很不好意思，但人家知道自己想接近你。」

月愛低聲說著，依偎在我的身旁。

「碰到龍斗的時候……儘管會害羞，但是人家很開心。」

月愛緊緊握住我的手，抬起頭對我露出微笑。

「能知道這件事真是太好了。」

「月愛……」

心中的不安消失了，取而代之的是滿滿的愛意。

回過神來，紅綠燈已經轉綠好幾次。於是我們連忙穿過人行道。

前面的道路連接橋樑，走過橋後就到堤防上了。

「哇啊！櫻花開了耶～！」

走在橋上的月愛大聲說著。

從橋上看到的櫻花行道樹上瀰漫著一片淺紅。正如預報所說，櫻花已經盛開。

「好美喔～」

抵達堤防之後，我們手牽著手走在樹蔭下。雖然現在是春假，但因為是平日時間，賞櫻的人沒有很多。頂多看到有些人站在原地眺望枝頭，或是帶著小孩子坐在野餐布上的家庭而已。

櫻花行道樹的盡頭是一座鐵橋，不時有我們每天搭乘的電車經過。

「就在這邊吧！」

月愛在花況不錯的櫻花樹附近鋪好她帶來的野餐布。樹枝垂向地面，是一棵很適合賞花的樹。

月愛坐到布上，表情莊重地望向我。

「龍斗，恭喜你十七歲了～！」

盛開的櫻花與滿臉笑容的月愛。

「謝謝。」

這是最棒的生日。

上輩子的我究竟修了多少福報呢。即便大概辦不到同樣的事，為了當作參考，還是想問一問怎麼做到的。

「來，快吃吧快吃吧！」

月愛打開放在野餐布上的保溫袋，從裡頭拿出方方正正的午餐盒。

「既然我們有大蛋糕，所以人家就做了點簡便的三明治。」

打開蓋子一看，裡頭滿滿塞著切得整整齊齊的三明治。雞蛋三明治與火腿番茄起司三明治交互擺放，色彩十分豐富。

「不過人家又覺得分量太少，所以還帶了炸雞塊。」

月愛呵呵笑著，又拿出一個盒子。打開蓋子就看到裡頭充滿刺激食欲的棕色。

「真抱歉沒什麼原則。」

「不會，以男生的角度來說很開心喔。」

「呵呵。人家想到你在運動會時吃了很多炸雞塊呢。」

知道她觀察得那麼仔細，讓我感到有點不好意思，卻又有點開心。

「我開動了。」

感謝過準備餐點的月愛之後，終於開始享用慶祝生日的午餐。

那些三明治不但美觀，也很好吃。炸雞塊也和運動會那時一樣美味。

我告訴她感想，月愛就開心地臉紅微笑。

「……最後終於要來吃這個了～！」

月愛拿起放在野餐布上的蛋糕盒。那就是我在「Champ de Fleurs」領取的生日蛋糕。我對蛋糕的尺寸不是很清楚，但感覺兩個人吃太多了。這種大小應該是四人份吧。

「啊，蠟燭！要點蠟燭嗎？」

月愛看到盒子裡放著蠟燭，於是詢問我。

「咦？可是在吹之前不會先熄掉嗎？」

這裡是河畔，風很強。用完餐後的下午風變得更強了，甚至讓人感到有點寒意。

「可是機會難得嘛～」

月愛找了找自己的包包，取出某個東西。

「還好人家有帶～」

那是看起來像是超商販售的簡易打火機。

「妳平時……都會帶打火機嗎？」

她又沒有吸菸的習慣……當我有些忐忑地這麼一問，月愛就神色自若地點頭。

「嗯。夾睫毛的時候，用這個烤一下睫毛夾。可以夾得很翹喔！是媽媽教人家的。就算現在有電熱睫毛夾，但如果習慣了，用打火機絕對會比較快。妮可和小朱看到人家用之後，她們甚至還學起來呢。雖然不小心夾到眼皮會很燙就是了。」

「這、這樣啊……」

我心想著：果然是辣妹呢。這很有月愛的風格，讓人不禁會心一笑。

「祝龍斗～生日快樂～♪」

總算幫插好的蠟燭點火之後，月愛用手打拍子並開始唱歌。儘管附近沒人，感覺像在為小孩子慶生一樣，有點難為情。

「祝龍斗～生日快樂～♪來！」

月愛唱完歌後，我就在她的催促之下趁著風停的時候湊到燭火前方。

「恭喜～！」

接著在啪啪的掌聲中吹熄了蠟燭的火焰。

於是這個讓人害羞又開心，令我難以忘懷的十七歲就此開始了。

「這個蛋糕是人家做的喔！」

「咦，真的嗎？」

我吃驚地多看了蛋糕一眼。

塗抹在側面的鮮奶油既平滑又整齊，水果與巧克力的裝飾方式與一般買得到的蛋糕相比也毫不遜色。

「好厲害喔……」

我一說完，月愛就突然慌了起來。

「呃……當、當然也有請甜點師傅幫忙喔……三成左右吧？應該說……一成……？是人家……」

看來就是那麼一回事。

「雖然師傅說『就當成全都是妳做的吧』，可是人家實在沒辦法說那種話啦～」

她自言自語般嘀咕了幾句，接著望向我。

「可是可是！牌子百分之百是人家寫的喔！每天都很努力練習，應該寫得不錯吧？」

「嗯，寫得很好看喔……謝謝妳。」

牌子上的文字也沒有任何突兀之處，還以為是做蛋糕的師傅寫的。經她這麼一說，我仔細看了看。看得出「龍斗」幾個字的字體有月愛筆跡的圓潤感。

「一開始很慘喔～只寫得下『Happy B』而已呢～」

「恭喜B先生嗎？」

「簡直讓人想問那是誰啦～還被前輩吐槽是鮑伯還是波比？那個前輩是織戶小姐，就是上次在美食廣場遇到的人。」

「是她啊。」

「之後人家對織戶小姐說『打工的事還在對男朋友保密，想在生日時幫他慶祝，給他一個驚喜』，她就拜託老闆先給人家打工費呢。而且人家今天雖然沒有排班，但為了拿蛋糕給龍斗，老闆還是同意人家可以穿制服待在後台。」

不管在什麼地方都能受到喜愛，這正是月愛的一種才能。月愛周圍的人應該都會喜歡她，想要幫助她吧。

儘管那種特質有時會讓人擔心，不過身為她的男朋友，我必須維持泰然自若。因為那是月愛可以引以為傲的優點。

「嗯～好吃～！」

和月愛分著吃的蛋糕有著「Champ de Fleurs」一如往常的美味。味道濃郁卻不會膩的鮮奶油與濕潤的海綿蛋糕，在口中製造出絕妙的入口即化口感。而水果也為蛋糕增添清爽的酸味，讓人百吃不膩。

「……不過，果然還是吃不完啊。」

「總之先休息一下吧。」

說到這裡，月愛放下塑膠叉子，拿起了手機。

「龍斗，看這邊。」

看到月愛手機畫面上自己那副傻傻的樣子，我才注意到她在自拍。

「很不錯耶～！櫻花和藍天超級漂亮的。」

靠著我按下好幾次快門之後，月愛接著又獨自啪擦啪擦地自拍了好幾張。

「得多拍點照片才行呢～！」

「畢竟櫻花開得很茂盛嘛。」

對於辣妹的自拍照而言，綿延幾十公尺的粉紅色背景確實是個絕佳的拍照地點。

「嗯。而且……這也是最後一次拍這種髮色了。」

月愛一邊這麼說，一邊以有點寂寞的眼神望著手機。

「明天人家會去美容院。終於要把頭髮染成黑色了。」

「咦……？」

就在我還沒聽懂她的意思時，腦中想起了月愛以前說過的話。

——人家從國二開始就一直染頭髮……不過最近也開始考慮要不要染回黑色。

那句話是認真的啊。

「……妳真的要染成黑髮嗎？」

我一邊詢問，一邊回想月愛對過去的我所說的話。

——人家是辣妹，辣妹會做的事大概都想做。無論是想去的地方或想做的事，你應該對那些都沒有興趣吧？

還有——

剛才她教我的那種很講究，甚至得用打火機烤化妝器具的辣妹化妝技巧。

平時就如此強調「辣妹」這個身分認同的月愛，竟然打算把可說是辣妹象徵的明亮髮色給染黑。

「嗯，因為龍斗不是說過喜歡黑髮嗎？校外教學時還看傻眼了。」

我注視著謹慎回答的月愛。

「……妳真的想染成黑髮嗎？」

「咦……」

「如果妳有一丁點的猶豫……但還是為了接近我的喜好而打算染成黑髮……那麼就算不染也沒關係喔。」

月愛露出吃驚的表情，說不出話來。我則是繼續說道：

「妳還記得嗎？我們聊到喜歡哪種類型異性的事。」

——如果是討論類型。比起辣妹型，我確實比較喜歡清純型的人……但我認為白河……

「當時也說過了……白河月愛這個女孩子……才是我喜歡的類型。」

月愛同學才是我喜歡的類型。

我感到有點害羞，垂下眼睛說著。

「我喜歡上的就是現在這種髮色的月愛……所以妳現在的髮色也很合我的喜好。」

不知道月愛的表情是什麼樣子，但還是繼續說下去。

「假如月愛覺得自己有其他真正想染的髮色，所以染成那種顏色。那麼那個新髮色的月愛……還是會符合我的喜好。」

我越講越亂，只能急著找個結論。

「我沒辦法說得很清楚，所以……如果妳是『為了我』而改變，那就沒有意義了。因為……無論是什麼樣的月愛……都符合我的喜好。」

看過谷北同學對服裝的堅持之後，我認為對於愛美的人而言，時尚與打扮一定是用來彰顯自身原則的重要表現。

所以——

我這個人再怎麼恭維都不算懂時尚。並不想把「吸引自己的異性類型」這種記號性的喜好，強加在唯一一位對自己而言最特別的女孩子身上。

不想對她造成那樣的「影響」。

「……無論是髮色或打扮……我都希望月愛能照自己的意思去做。」

當我終於抬起頭時，就看到月愛帶著沉思的表情看著自己的手心。

「雖然我覺得……那套衣服也很可愛，但是不必每次約會時都穿喔。」

月愛抬起眼睛望向我。見到那張彷彿稍微鬆了一口氣的表情，我確定自己說對了。

「希望月愛每天都能用自己最舒適的打扮過日子……因為我認為……那就是最符合我所喜歡的月愛個性的生活方式。」

這時，月愛似乎想辯解些什麼似的開口說道：

「人家並不是強迫自己喔。真的只是為了想讓龍斗開心……」

「我知道。」

也知道月愛就是那樣的女孩子。

「只是，我想和月愛……維持能長久走下去的關係……畢竟……」

一想到自己接下來將要說的話，就不禁害羞地低下頭。

「無論是什麼髮色的月愛……就算是變成老婆婆，頭髮蒼白的月愛……我也一定最喜歡妳。」

「龍斗……」

抬起頭就看到月愛眼睛紅紅的，裡頭泛著淚水。

當她注意到我的視線，臉上便浮現出平時的開朗笑容。

「那樣可能反而更潮呢！到時候乾脆也像奶奶那樣染成紫色或粉紅色的頭髮吧～！實在等不及了！」

接著月愛拿起手機，操作一下後放到耳邊。

「喂？這裡是明天有預約的白河～啊，您好！那個喔，染黑髮的事還是算了。可以改成平時的顏色嗎？嗯，就是那個，好的～那明天見！謝謝～！」

月愛掛掉應該是打給美容院的電話後，以眼角泛紅的表情望向我。

「……謝謝你，龍斗。」

她一字一句地喃喃說著，隨後又笑了出來。

「如果龍斗變成腦袋光禿禿的老爺爺，人家也還是喜歡你喔。」

我也被她逗笑了。

她的笑聲迴盪在我的胸中，讓內心感到一絲溫馨的暖流。

「啊，但是我的頭髮在遺傳上大概不會全部掉光，而是會變稀疏的那種呢……」

「啊，人家好像也是那樣。爸爸最近開始在意起那種事了。」

「是喔？完全看不出來耶。」

「他年輕的時候頭髮很茂密喔～現在是用二區分式髮型遮住頭髮少的地方～」

我們邊聊著那個話題，一點一點吃掉剩下的蛋糕。

◇

用完餐後，我們收起野餐布，繼續漫步在櫻花行道樹下。

「……哇，花瓣像下雪一樣。」

當強風從河的方向吹來時，淺紅色的花瓣就會一口氣離開枝頭，在空中打轉飛向我們。

「明明才剛開花，這陣風就把花吹落了。」

「是啊～這裡的櫻花適合觀賞的時間大概都只有三天左右。」

「那麼今天剛好在那三天裡囉。」

「是呀！而且就是龍斗的生日，真是太幸運了！」

開心不已的月愛突然將視線移到腳邊。

「啊！」

她拾起一根櫻花樹樹枝。約小指頭粗的樹枝上混雜著開了九成的花與即將綻放的蓓蕾。

「咦，這裡怎麼會有這麼好看的樹枝？」

月愛抬起頭，卻找不到那根樹枝原本在哪棵樹上。

「被風吹斷的吧？」

「好可憐……明明還可以繼續開花耶。」
「月愛，妳把它帶回家吧？」
「咦，可以嗎？」
「反正是掉到地上的，應該沒關係吧？」
「的確……就算放著也只會枯掉呢。」
月愛凝視著樹枝，將根部握在掌中。
「剛好可以插在歐樂●蜜C裡面吧？」
當月愛說著這句話重新邁開步伐時，不知道為什麼臉變得通紅。每次講到插花時，她總是會這樣。
「那就再買一瓶吧……」
「為什麼？」
「呃，感、感覺就是想買嘛……啊，對了！龍斗之前給人家的花還插著喔！」
「咦，那已經是兩週前的事了耶？花還開著嗎？」
「唔、嗯……勉強算是……」
「假如枯掉就丟了吧。之前我家桌上的花才剛枯掉就開始吸引蟲子。」
為了不讓她覺得把花丟掉會愧疚，我幫忙找了藉口（反正她之前也說可以做成壓花）。

不過主要還是因為繼續插著不衛生，我才會這麼說。

「說、說得也是呢，人家會好好處理……」

月愛語帶含糊地這麼表示，接著望向我。

「話說這根樹枝可以給人家嗎？」

「咦？」

「畢竟這麼漂亮的櫻花很不容易撿到吧？」

月愛這麼說道，筆直地望著我。

自從情人節之後，有段時間都沒有與月愛眼神交會，也沒有和她牽手。一直持續著讓人心急如焚的關係。

在不知不覺之間，我們的感情已經恢復到可以像這樣注視彼此了。

我輕輕伸出手，握住旁邊那隻纖細的小手。月愛也害羞地回握。

「……不好意思，用的是右手。」

聽到我低聲這麼說，月愛的臉立刻變得紅通通的。

「笨蛋……」

那張宛如煮熟章魚的臉蛋埋怨似的仰望著我。

這是她與過去截然不同的地方。

有點變化，有些維持原樣。
我們正一步一步地往前走。
我由衷地這麼想著。

「那麼人家真的收下這根櫻花樹枝囉？今天明明是龍斗的生日耶。」
被她這麼問時——
我突然回憶起情人節那天，看到抱著花束露出微笑的月愛時心中的感慨。
「……嗯，可以喔。」
因為自己每天都能收到花。
收到名為月愛的花束。
既有向日葵般活潑朝氣的花，也有滿天星般楚楚可憐又精緻的花。
越認識月愛，名為月愛的花束中就會增加越多不同花朵的色彩。讓我既開心又期待。
待在這所高中最後的春天結束之後，夏、秋、冬季將會再次到來。
當我們永遠脫下這身制服的日子到來時……
等到下次春天，月愛將會有一番全新的面貌，成為成熟的女性吧。

選擇不升學的月愛將會比我早一步出社會，而我或許又得追在她的身後。

雖然這讓人感到焦急，但也想早點見到那樣的月愛。

與此同時，現在的月愛更讓人感到憐愛。

我有種希望自己永遠都是高中生的想法。

即使明知那是不可能的事。

但我唯一能說的是——

此刻綻放於月愛之中的花……還有那些仍然沉睡的花蕾，全都讓我感到無比憐愛。

好想抱緊月愛的一切。

無論她的內心將會開出什麼樣的花朵。

一定也是如此。

從河川吹來了強風，在宛如暴風雪的狂舞櫻花花瓣之中。

我緊緊地握著月愛的手。

這個瞬間，自己如此下定了決心。

第五・五章　小朱璃與瑪莉美樂的線下聚會聊天

在春假期間東京都內的擁擠咖啡廳裡，小朱璃與瑪莉美樂今天也面對面一起喝茶。

「實在太糟糕了～！整個校外教學真的連一件好事也沒有～！哭到不行啊————！」

小朱璃今天也晃著雙腿發出嘆息。

瑪莉美樂則是對她投以同情的眼神。

「因為妳在前半段時間太纏著他，對方才會在後半段時間一直躲妳……」

「就是啊————！真是太糟糕了————！」

小朱璃繼續晃著腳。

「而且更糟糕的是什麼妳知道嗎，我竟然被伊地知同學封鎖了～～！」

「咦，LINE嗎？」

「不是啦———！是推特的帳號———！」

「咦？小朱璃妳在推特上和伊地知同學有聯繫喔？」

「不是啦———！是我單方面回文～！」

「……什麼意思？」

「我假裝ＫＥＮ粉開了一個發伊地知同學影片感想用的免洗帳號～！不久前伊地知同學在猶豫要不要露臉，所以我就狂發訊息給他說『千萬不要』～！因為伊地知同學要是露臉了，絕對會有一群小女生湊上去──！」

「……這、這樣啊……」

瑪莉美樂有點受不了的樣子。

「可是昨天伊地知同學竟然發了篇文說『順帶一提，我的便服長這樣』，然後貼了脖子以下的照片～！是我幫他選的衣服──！果不其然那群小女生就圍上去發些『便服型男！』『想多看幾張！』『拜託露臉吧♡』之類的話。我就想『啥？開什麼玩笑！』連回了好幾篇『別再貼照片了！一點也不適合！』，結果馬上就被封鎖了～～哭哭～！」

「……那也是當然的吧……」

「妳覺得我是不是被當成狂熱粉了？」

「先不說狂不狂熱，妳可能根本沒被當成粉絲……」

「咦，難道被當成酸民？我可是看完所有伊地知同學的影片，每個影片都留言耶？」

「行為太過頭的粉絲和酸民只有一線之隔嘛……」

「不會吧～～！真的好想死～～！」

「……那麼要不要創個新的帳號？」

「早就創了～！畢竟可以保護嗨咖祐輔不受那些小女生騷擾的人只有我嘛——————！」

「…………」

瑪莉美樂只能露出僵硬的微笑，看著仍然在唉聲嘆氣的小朱璃。

尾聲

就在風變得更強，我們從櫻花行道樹那邊走向車站的時候——

「啊！人家忘了！」

月愛停下腳步喊了一聲。

她放開我的手，將手伸進掛在拿著櫻花樹枝那隻手上的紙袋。

「這是生日禮物！」

「謝……謝謝。」

「剛才本來想給你，只是拿來壓野餐布就忘記了。」

其實我本來就在猜那是禮物。不過就像月愛所說，風變強的時候得找些東西壓住野餐布的四個角，便動用了手邊所有的東西。最後因為風力實在太強，連那樣壓住的野餐布都會被吹起來，我們只好手忙腳亂地準備離開，於是就忘掉這回事了。

「打開看看吧。」

「嗯。」

我在步道與櫻花樹生長的土坡之間的路緣石上坐下，探頭看了看月愛給我的大紙袋。接著拆開禮物的包裝，拿出一個黑色的包包。

那是一個有著直線簡約的帥氣設計，看起來風格穩重又耐用的背包。

「給你當補習班用的背包，換掉現在用的那個。感覺怎麼樣？」

我想起來了。

準備考試時，她看到了我那個破洞的背包。

不但記得那麼小的事，還幫我選了新背包。

「這是人家請喜歡包包的小朱幫忙挑的，很帥吧？雖然你喜歡的背包比較大，這個是小一點的。」

「好厲害……」

右下方附有商標，上面寫著我也知道的知名男用背包品牌的名稱。

「可是這很貴吧……？」

「人家想給龍斗好一點的東西嘛。」

月愛微笑著這麼說。

「小朱說呢，幾千圓的包包基本上都是著重於美觀程度，用壞即丟。如果每天帶的東西都很重，很快就會壞了。而這個背包用的材料很好，組裝與縫製也很仔細。從現在開始用到考試那天都不會有問題。即使上了大學，東西很多的時候應該也撐得住。」
這些話似乎是月愛從谷北同學那裡現學現賣的。她以有別於以往的解說口吻進行說明。
「……這是人家開始打工後第一筆自己賺到的錢。希望買給龍斗能用很久的禮物。」
月愛看著自己的櫻花粉指甲，害羞地說著。
那副表情看起來稍微比平時的月愛還要成熟。
「真的……很謝謝妳……」
第一次從月愛手上收到的禮物是紀念「交往一週」的大叔兔手機殼。從此之後，我就從她那邊收到了很多東西。
有的肉眼可見，有的是無形的禮物。
不過，在那些東西之中這個是最特別的。
這是月愛以她傾注自己的時間與勞力換取而來的第一份報酬買給我的。她花費的薪水比例一定不低，而且還是認真為我著想而選擇的禮物。
想到這裡，我的胸中就湧出一股暖流，眼角熱了起來。
「……你喜歡嗎？」
月愛開心地微笑。
「這個小口袋裡建議放護身符喔！」

月愛一邊說著，一邊拉開背包的外口袋拉鍊。裡頭有網袋與鑰匙扣環之類的東西。還放著一個眼熟的護身符。

「人家放了一個進去。」

那是我們兩人在京都的地主神社買的成對護身符。買的時候我先暫放在月愛那邊，後來就完全忘記這回事了。

「人家不在身邊時，這個護身符會代替人家守護龍斗喔。」

月愛注視著護身符，淺淺一笑。

「謝謝妳……我真的很開心。」

心中有好多想法想對她說，卻無法化為語言……只能把所有心意灌注到這句話之中。

月愛看著這樣的我，微微瞇起眼睛。

「……還有呢。」

她猶豫了一下，開口說道：

「如果說……人家還有個禮物要送，好像有點太厚臉皮了。」

月愛如此說著，臉頰變得越來越紅。

「但是人家有個東西想送給十七歲的龍斗……你願意收下嗎？」

「咦？」

我暗自尋思著「會是什麼呢」。同時正值青春期的自己也為了「有可能」的色情期待而心跳加速。

「欸，人家和龍斗開始交往時，你還記得對人家說了什麼嗎？」

「……呃、呃？」

因為正在想著色色的事，反應慢了一拍。

「你說『白河同學的喜歡，好像很薄弱？』，懷疑和朋友之間的『喜歡』是一樣的。」

「唔、嗯……」

我有印象說過那種話。現在想起來簡直讓人冷汗直流。明明和全校第一的美少女交往，自己這個邊緣人怎麼還那樣胡說八道。

「那句話其實說中了。現在回想起來，和龍斗交往之前，我只是和關係普通的男生朋友玩著扮演情侶的家家酒罷了。」

月愛緊抿著嘴唇，低下頭。

「想著某個人時胸口會發熱，喜歡那個人到內心揪在一起的程度……其他的男人都無法取代他。非那個人不要……當時的我還不懂那樣的感覺。」

「……咦……那麼……」

現在呢？她的意思是……對我就有那樣的感覺嗎？

「人家感覺很不安。自己以前都是把主動權完全交給對方。所以經驗雖然很多，技術卻很差……可是龍斗似乎很期待，人家就擔心會不會讓龍斗失望。」

「…………」

聽到這些預料之外的話，我吃驚地發不出聲。

沒想到月愛竟然有著那樣的不安。

「可是在那天晚上接吻之後，人家知道了。如果和龍斗做，人家的身體好像會自己動起來。不只自己想要變得舒服，還想要……讓龍斗感到舒服。」

月愛望著我，臉上露出充滿溫柔的慈愛微笑。

「因為人家……真的好喜歡龍斗。」

「月愛……」

她將眼神從感慨萬千的我身上移開，臉上籠罩著不安。

「以後一起努力吧……所以就算人家技術不好，你也別失望喔？」

「咦？那個意思是……」

我的胸口跳得飛快，心臟幾乎要炸開了。

「該不會月愛想和我……」

「等一下！」

月愛打斷了興奮得迫不及待的我。

「讓人家來說。」

她的臉上泛著淡淡的紅暈，但仍然充滿了決心。

「因為龍斗說過，要等到人家想做。人家也回答『想做的時候會說』。然後……人家現在就是這麼想做。」

月愛輕柔卻又堅定地對屏著呼吸默默等待的我一字一句地說著。

「沒想到主動說出『想做』是這麼害羞，這麼需要勇氣的事。」

月愛將雙手放在胸前，呼了口氣之後說道：

「雖然不是『第一次』，但是人家……」

她以顫抖的聲音輕聲說著，緩緩朝我抬起頭。

「可以成為……龍斗的『第一次』嗎？」

她的眼中搖曳著些許的後悔，以及足以消除那種後悔的期待。

「人家想和龍斗合為一體。」

喜悅從身體的深處泉湧而出，遍及全身。

好想立刻緊緊地擁抱她。然而我不是做得出那種事的人，只能焦急地渾身顫抖。

「欸，龍斗，我們……」

抬起眼睛望著我的月愛——

「……來做吧？」

以強忍害羞的表情如此說了。

「人家……想和龍斗上床。」

羞赧地低聲說著的月愛垂下眼睛，幸福地微笑。

「人家出生以來第一次有這樣的想法……」

這時一陣強風拂過路旁的櫻花，吹落一地的花瓣。

那不是從河上吹來的風，而是南風。

春天終於來了。

代表變化的春天。

我和月愛的關係也就在這時發生了改變。

交往的第一天，我不自量力地拒絕了月愛的邀約。

從感到後悔而在自己房間裡苦悶呻吟的那天算起，差不多過了十個月。

真久啊……不，好像又很短，不對，果然還是很久。

雖然說這種話有點太囂張，不過真虧我忍得住呢。真想誇讚自己一番。

但是，我由衷地想著：能忍到今天實在是太好了。

好喜歡月愛，好愛她。

世界上最可愛，對我來說高攀不上的那個女性（人），竟然在身體與心靈上都渴求著我。

太過幸福，腦袋快要轉不動而變成笨蛋了。

「月愛……」

爸爸，媽媽。

謝謝你們把我生到這個世界上，養育到今天。

加島龍斗，十七歲。

下次再見到兩位的時候，一定就是成為大人的我了。

後記

賀，動畫化決定！

沒想到竟然能有報告這個消息的一天……這全都是各位讀者的功勞！實在很謝謝你們。而隨著動畫化，也將本作的簡稱定為「戀愛光譜」。抱歉過去造成了諸多不便……！

另外在動畫化的作業方面，我將會在可以涉及的範圍之內積極參與。

雖說如此，製作組的各位人士都很優秀，有些地方比我更理解「戀愛光譜」的世界觀，讓我能安心地把工作交付給他們（當然，若是有在意的地方也會提出來喔！）。

那麼就來聊聊第五集吧。

當時遲遲決定不了第四集時盡力含糊帶過的校外教學地點，一直感到很焦慮。又因為新冠肺炎疫情無法做取材旅行，結果就選了從以前便很熟悉的土地。

二十幾歲那段時間，我經常去京都遊玩。還在讀研究所時，有幾位考上京都大學研究所的朋友，於是就在他們那邊住免錢的，待了很久。之後還在京都交到其他朋友。可以說是一塊對我而言很有緣分的地方。

從之前的宿醉醒來後的傍晚，和朋友們一起上街到便宜的居酒屋再喝個爛醉。一邊唱歌一邊走在百萬遍（註：京都有名的大學城商圈）的街上，或是遠遠地冷眼看著以同樣間隔站在鴨川旁的情侶們。現在回想起來那是一段糜爛的生活，但也有種「那就是我的青春」的感覺。

由於去了京都很多次，我有自信旅遊手冊主要記載的有名觀光景點全都去過了。包含寺廟神社在內，京都真的有好多很棒的觀光景點。例如四季都充滿魅力的哲學之道、綠意盎然的三千院、櫻花綻放時的仁和寺、在林立的小吃攤中沐浴於聚光燈底下，豔麗生輝的圓山公園夜櫻，以及僧侶講道很有趣的鈴蟲寺等等。雖然想推薦的地點像山一樣多，不過這次以那樣的日期選來寫進校外教學的，是我在那些景點之中印象特別深刻的地點。

天龍寺是我很喜歡的寺廟，可以說每次去京都時一定會前往拜訪。坐在大方丈室的走廊邊緣望著日本庭院發呆（就像妮可做的那樣），時間一下子就過去了。

而伏見稻荷大社剛好相反，只去過一次。那是因為當我踏進去的瞬間，就感覺到某種強烈的氣息，或者該說是驚人的能量（我沒有任何靈異感應能力，那是自己從未在其他地方感受到的感覺）。在我的想法中，那裡是「必須有所覺悟才能去的地方」。不過當時的感動至今仍鮮明地烙印在心中。

嵯峨野的夕陽也是讓人印象深刻的景象。龍斗與阿仁看到日落的地方，是以落柿舍附近的道路為形象寫出來的。

各位可能覺得既然我那麼喜歡京都，那麼只寫京都不就好了。不過自己也很喜歡大阪和神戶，於是就貪心地寫成了三都物語（註：九〇年代的京阪神旅遊促銷活動）。個人認為大阪的魅力在於城市、食物與人，所以已經想好描寫校外教學旅行時要寫成什麼樣子……不過我就是想這樣寫。二十幾歲沒有錢的時候，會住在天王寺的世界大溫泉（註：大阪的知名溫泉遊樂設施）。例行公事是從那裡去新世界，在炸串店品嚐熱騰騰的炸串。再到附近的小型咖啡廳，一邊聞著二手菸（當時是那樣的時代），一邊享受奶昔之類的甜點。

神戶是三十幾歲之後經常造訪的地方。我有個小小的夢想，就是老了以後住在神戶，過著每個月看一次寶塚大劇院表演的生活。

這就是塞滿個人喜好的校外教學行程。希望讓各位在欣賞故事的同時也能多少體會到各個景點的魅力。

magako老師這次也為本作畫了許多美麗的插圖，真的很感謝您！眼睛的保養就是心靈的滋養！

責任編輯松林大人也提供了詳盡周到的支援，一直以來都很感謝您！

還有最重要的是一路支持本作到現在的各位讀者。真的很感謝大家的鼓勵，幫助本作走到動畫化這個全新的里程碑。真的是再怎麼感謝也感謝不完。請讓我致上由衷的謝意！

那麼，希望我們能在第六集再見！

二〇二二年八月　長岡マキ子

國家圖書館出版品預行編目資料

位於戀愛光譜極端的我們/長岡マキ子作；Shaunten
譯. -- 初版. -- 臺北市：臺灣角川股份有限公司,
2023.06-
冊；　公分. -- (Kadokawa fantastic novels)
譯自：経験済みなキミと、経験ゼロなオレが、お
付き合いする話。
ISBN 978-626-352-601-3(第5冊：平裝)

861.57　　112005504

Kadokawa
Fantastic
Novels

位於戀愛光譜極端的我們 5

（原著名：経験済みなキミと、経験ゼロなオレが、お付き合いする話。その5）

2023年6月21日 初版第1刷發行
2024年4月12日 初版第2刷發行

作　者：長岡マキ子
插　畫：magako
譯　者：Shaunten

發 行 人：台灣角川股份有限公司
總　　監：呂慧君
總 編 輯：蔡佩芬
主　　編：林秀儒
編　　輯：楊芫青
設計指導：陳晞叡
美術設計：黃永漢
印　　務：李明修（主任）、張加恩（主任）、張凱棋

發 行 所：台灣角川股份有限公司
地　　址：104台北市中山區松江路223號3樓
電　　話：（02）2515-3000
傳　　真：（02）2515-0033
網　　址：www.kadokawa.com.tw
劃撥帳戶：台灣角川股份有限公司
劃撥帳號：19487412
法律顧問：有澤法律事務所
製　　版：尚騰印刷事業有限公司
ＩＳＢＮ：978-626-352-601-3
